Aus Freude am Lesen

Höchst kunstvoll und mit einem außerordentlichen Taktgefühl erzählt Christian Haller die Geschichte eines Mannes, dessen Lebensgefährtin schwer erkrankt in einer Klinik liegt und der sich während dieser Zeit in eine andere Frau verliebt. Haller erzählt vom schmerzhaften Abschied von einem Leben, das sich nicht länger führen lässt, und von neuen Anfängen – und dabei von dem, was alleine im Leben zählt: der Liebe.

»Haller erreicht eine sprachliche Präzision, eine Eleganz auch, die in der Gegenwartsliteratur rar geworden ist.«
Basler Zeitung

CHRISTIAN HALLER wurde 1943 in Brugg, Schweiz geboren, studierte Biologie und gehörte der Leitung des Gottlieb Duttweiler-Instituts bei Zürich an. Er wurde u. a. mit dem Aargauer Literaturpreis (2006) und mit dem Schillerpreis (2007) ausgezeichnet. Zuletzt ist von ihm die »Trilogie des Erinnerns« erschienen. Er lebt als Schriftsteller in Laufenburg und Zürich.

Christian Haller

Im Park

Roman

btb

Verlagsgruppe Random House FSC-DEU-0100
Das für dieses Buch verwendete
FSC®-zertifizierte Papier *PamoHouse*
liefert Arctic Paper Mochenwangen GmbH.

1. Auflage
Genehmigte Taschenbuchausgabe Juli 2011,
btb Verlag in der Verlagsgruppe Random House GmbH, München
Copyright © 2008 by Luchterhand Literaturverlag, München
Einem Unternehmen der Verlagsgruppe Random House GmbH
Umschlaggestaltung: semper smile, unter Verwendung einer
Fotografie von © Manfred Witt/buchcover.com
Satz: Greiner & Reichel, Köln
Druck und Einband: CPI – Clausen & Bosse, Leck
KS · Herstellung: BB
Printed in Germany
ISBN 978-3-442-74230-1

www.btb-verlag.de

Besuchen Sie unseren LiteraturBlog www.transatlantik.de!

Erinnerung, die du schriebst,

was ich geschaut –

Dante, Göttliche Komödie

I. TAG

1   Vorraum

Die Tür würde nicht verschlossen sein, zu überstürzt hatte Emile die Wohnung in der Nacht verlassen müssen. Doch nun zögerte er, sah nach der Eisenklinke, schwarz geworden von vielen Händen. Er hob den Kopf. Im Vorraum war ein Geruch nach dem im Haus eingemieteten Tuchhandel, als wäre die Luft von den Stoffballen, die in den Büros neben den Schreibpulten aufgeschichtet lagerten, mit Farb- und Fasergerüchen imprägniert worden – ein Geruch, hinübergerettet aus dem Vortag, in den der Morgen einen Strich Kaffeeduft hineinzog. Die Stimmen aus dem »Aufenthaltsraum«, wie die ehemalige Küche nun genannt wurde, murmelnd und geschäftig, bedeuteten Emile, dass dort ein Arbeitstag im Rhythmus des gleichförmigen Verkehrslärms, der von der Hauptstraße heraufdrang, begann und sich in nichts groß von dem vorangegangenen und dem nachfolgenden unterscheiden würde. Die Stimmen, die Geräusche der Fahrzeuge gehörten dem Strom all der Absichten, Pflichten, Wünsche an, welche den Tag vorantrieben, und an dem er keinen Anteil mehr haben würde: Die Februarluft atmete noch aus den Falten der Jacke, die er sich in der Nacht, beim Verlassen der Wohnung übergestreift hatte, zu leicht für die Jahreszeit, viel zu leicht für die eisige Kälte der letzten Tage.

Die vier eingesetzten Scheiben in der Tür spiegelten seine Gestalt, verzerrt vom Glas, dunkel im sirrenden Neonlicht, auf dem dahinter festgezweckten, indischen Tuch, das safrangelb mit rot gestickten Blumen war, und nur die Furcht, eine der Angestellten oder der Besitzer des Tuchhandels, ein stets aufgeregter Mann in Anzug, groß und schwitzend, könnte aus der ehemaligen Küche in den Vorraum heraustreten, ihn ansprechen, und wäre es nur durch seinen lauten Morgengruß, ließ Emile die Schritte tun, die rasch die Vierung der Scheiben mit seinem Umriss füllten.

Die Klinke gab den gewohnten Laut, die Schwelle war ein Stück fasrig abgetretenes Holz, und Emile betrat den Flur, ausgelegt mit dem gleichen Teppich, wie er auch den Vorraum bedeckte, eine rostrote Synthetikbahn mit verschlungenem Rankenmuster, zog hinter sich die Tür zu und stand nun da, im Eingang zur Wohnung, die bis gestern fraglos ihr gemeinsames zu Hause gewesen war.

2 Trottenstiege

Seit zehn Jahren wohnte er hier an der Trottenstiege, hatte die Wohnung von einem befreundeten Kollegen noch kurz vor Abschluss seiner Doktorarbeit übernehmen können, war wohnen geblieben, obschon die drei Zimmer nur gerade Kammern waren wie in alten Bauernhäusern üblich, es keinen Komfort gab, noch nicht einmal ein Bad, und er im Winter die gusseisernen Öfen einfeuern musste. Doch das Geborgensein in den alten Räumen, ihren Holzpaneelen, den Tonplatten und Bruchsteinen zwischen den Riegelbalken, ersetzte ihm den Mangel an Annehmlichkeiten. Auch lag Lias Appartement nur ein paar Gehminuten entfernt, eine Einzimmerlogis, das sie vor zwei Jahren hatte aufgeben müssen. Sie war wegen eines Projektes heftig angefeindet worden, fand keine Arbeit mehr und sah sich gezwungen, mit Sack und Pack in der Trottenstiege einzuziehen.

In der Erinnerung war es der Besitzer des Hauses gewesen, ein schmächtiger Mann, damals noch Anfang siebzig, der Emile die Jahreszahl an irgendeinem der Balken gezeigt hatte, eingekerbt und übermalt: 1786. Er musste sich wohl gedacht haben, wer sich beruflich mit vergangenen Zeiten beschäftige, wäre an allen Zeugnissen der Geschichte interessiert. – Zweihundert Jahre, hatte er zu Emile gesagt, wie viel in dem Haus gelebt und gestorben worden ist. Auch er habe seine Kindheit hier in diesem typischen Weinbauernhaus verlebt, das in den heute überbauten Rebhängen gestanden habe, ein Riegelbau, wie ihn der schweifende Blick der sonntäglichen Spaziergänger, die einstmals vor die Stadt gewandert waren, gestreift haben mochte: Ein Gebäude, das nicht quer, sondern längs in die Neigung des Hangs gebaut worden war und eine Holzstiege besaß, die an der Fassade hoch zur Haustür führte. Die Fenster gingen zum Gehweg hin, der wenige Schritte unterhalb in eine Hauptstraße mündete. Doch das Haus war allmählich aus der bäuerlichen Landschaft in den Kern der Stadt gedriftet, eingewachsen in ein ehemaliges Villenquartier, das noch immer ein paar Jugendstilelemente zwischen alten Bäumen sehen ließ, mehr und mehr jedoch von Kuben durchsetzt wurde, Mehrfamilienhäuser und Blocks, zwischen denen die »Trottenstiege« zu einem Überbleibsel bäuerlicher Kultur geworden war.

3   Flur

Licht brannte. Eine nackte Birne, die ihr Licht in dem kurzen Flur ausstreute. Dieser führte geradewegs in die ebenfalls fensterlose Küche, an deren Tür eine Tasche mit Plastiktüten hing. Außer zwei Bildern, Farbstiftzeichnungen eines naiven Malers, hatte die elektrische Birne nichts zu beleuchten als eine weitere Tür, die seitlich des Flurs angelehnt stand, sich von der Eingangs- und Küchentür unterschied, da sie niedrig und noch für Menschen gemacht worden war, die durch Arbeit und eine wirksamere Schwerkraft niedergedrückt waren und diese Eigenschaften dem Holz selbst mitgeteilt hatten: Die Tür war dick und schwer, grob zu gehauen, aus einem einzigen Stück Stamm gefertigt. Sie hing an geschmiedeten Klobenbändern in den Angeln, war weiß gestrichen, und die Messingklinke, fünfkant mit abschließendem Knopf, nahm sich wie eine nicht ganz passende Zierlichkeit aus. An der Kante war die Farbe abgegriffen, und an ihr entlang zog sich ein heller Schimmer. Wieder zögerte Emile, blickte zur Küche, in die seitlich dämmriges Morgenlicht aus der Wohnstube fiel. Zueinander gestellte Schattenflächen deuteten ein Vorratsgestell, die Ecke des Geschirrschranks und einen Teil des alten Herdes an. Die Luft war leer, roch hier nach keinem Alltag, der mit Kaffee und Gerede begann wie im Büro gegenüber. Die seitliche Tür, aus dem einen grob zugeschnittenen Brett, bliebe geschlossen, das Schlafzimmer unbetreten, angehalten in der Nacht, in jener frühen Stunde, auch wenn der Lichtschimmer verriet, dass in ihm die Zeit ebenfalls voran geschritten war. Dort drinnen, wo ihr gemeinsames Bett stand, würde noch der Abdruck sein, eine in Decken und Tüchern flüchtig eingedrückte, »fossilierte« Form.

Und Emile betrat mit raschen Schritten die Küche, als versuchte er, einer einfachen Tatsache zu entrinnen.

4 Buchstabe E

Emile dachte in Formen, welche die Zeit an Spuren hinterlassen hatte, Ein- und Abdrücke ehemaliger Lebensvorgänge, wozu er auch die Wörter zählte, wenn sein hauptsächliches und berufliches Interesse vor allem den uralten – in Sedimenten versteinerten – Resten galt: Er war Paläontologe, hatte eine Stelle mit Vorlesungsverpflichtung am Naturhistorischen Museum, und die letzten Wochen seines Sabbaticals sollte einem Artikel »Zur Bedeutung der Ähnlichkeit in der phylogenetischen Systematik« gewidmet sein. Obschon ihm nie ganz klar geworden war, weshalb es ihn während des Studiums von der Beschäftigung mit Tieren und Pflanzen auf die Seite der leblosen, erstarrten Gestalten gezogen hatte, so war die damals neu entfachte Diskussion um eine Taxonomie als einer Umschrift stammesgeschichtlicher Verwandtschaften eine Hoffnung gewesen, auch sein Interesse an erkenntnistheoretischen Fragen zu befriedigen: Wie ließen sich Arten definieren, die nicht mehr existierten, wie grenzte man die Taxa voneinander ab, um mittels der verwandtschaftlichen Merkmale als einem »morphologischen Alphabet« stammesgeschichtliche Entwicklungslinien beschreiben zu können?

Doch der Alltag hinter den Ausstellungssälen, in den Labor- und Büroräumen, hatte wenig von einer solchen Beschäftigung übrig gelassen. Rangeleien um Positionen in der Institutshierarchie, wessen Artikel in der angeseheneren

Zeitschrift angenommen würde, wer zu welchen Fundplätzen reisen und welche Fossilien beschreiben durfte, wurde wichtiger als die Arbeit selbst – und seine zu immer neuen Kontroversen führenden Artikel über den Wirklichkeitsgehalt systematischer Ordnungen hatten wenig Verständnis bei der Institutsleitung gefunden.

Emile pflegte scherzhaft zu sagen, es sei sein Vorname gewesen, der ihn vor zwei Jahrzehnten zu den Fragen der Abstammungslehre geführt habe. Dieses E am Schluss von Emile sei der kleinstmögliche Rest, den die Herkunft seiner Mutter in seinem Namen habe hinterlassen dürfen: Die französische Endung stehe für die einstmals in diplomatischen Kreisen selbstverständlich verwendete Sprache und dem langjährigen Aufenthalt seines Großpapas im »Orient«, wie man damals den Osten noch nannte, doch hätte Mamas »Byzantinismus« in der Familie ihres Mannes so wenig gegolten, dass dieses E das äußerste Zugeständnis gewesen sei. Dieser Buchstabe am Ende seines Vornamens habe allerdings genügend Kraft besessen, ihn, Emile, von jeglichem Gefühl einer Zugehörigkeit abzubringen. Während jeder »Miggel« ganz selbstverständlich der dörflichen Umgebung angehörte, in der er aufgewachsen sei, hätte er sich stets fremd, ein wenig am Rand gefühlt. So habe die Beschäftigung mit dem eigenen Herkommen ihn über Gemälde, Mythen und orientalische Märchen schließlich zu den versteinerten Lebensformen und an die Weggabelungen der Evolution geführt. Zu Fragen, in welchen verwandtschaftlichen Beziehungen die Arten zu einander stünden, und wie sich durch Vergleich und Ähnlichkeit, durch präziseste Beschreibung von Details, eine Entwicklung aus Anfängen heraufführen lasse, an deren vorläufigem Schlusspunkt er selbst sich, im Schein einer Lampe, über die zurückgelassenen Spuren beuge.

5 Bananenschale

Die Einrichtung der Küche, die Gegenstände, die auf den Abstellflächen standen, wirkten so verlassen, wie sie sein mussten, wenn niemand sie wahrnahm. Der Spültrog aus dunkelgrauem Pressstein, das Abtropfbrett, auf dem eine Tasse und zwei Teller standen, waren ein weicher, entmaterialisierter Schatten, aus dem der Glanz des Wasserhahns drang, verschwistert mit dem Reflex aus dem Spiegel an der Wand darüber. Das Gasrechaud auf dem alten Holzherd hatte einen Schimmer unveränderbaren Emails, mit Sprengseln von Kaffee, eingebrannte Flecken eines längst vergangenen Morgens, und hinter den eingesetzten Scheiben beim Herd, einem Durchlass, damit ein wenig Licht in den fensterlosen Raum dringe, lag die Wohnstube, ein Kubus mit seitlichen Bücherregalen und den abschließenden zwei Fenstern. In dem grauen, nebligen Licht ragten die Äste eines Zwetschgenbaumes vor die Fassade des gegenüberliegenden Wohnblocks – waren zerschnitten von den

Fenstersprossen, verzerrt vom alten Glas – Zweige, die im Herbst schrumplige, doch süße Früchte trugen.

Emile trat in die Wohnstube, tat die wenigen Schritte von der Tür zum Ohrenfauteuil, der beim Fenster stand, näherte dadurch sein Gesichtsfeld einem Gegenstand, der wie durch Drehen und stufenweises Vergrößern am Binokular, ihn nun erkennen ließ, was ihn aus der Küche hierher zum Sims unter den Fenstern gebracht hatte:

Die Schale einer Banane.

Emile stand da, atmete die ein wenig verbrauchte Luft, sah auf dieses Zeichen, auf diesen Ausdruck einer Bewegung, die sich in der Schale, dem Verhältnis der Teile zueinander erhalten hatte und aus deren Lage noch der Schwung einer Hand rekonstruierbar wäre, die jetzt dazu nicht mehr fähig war. Und aus den vier Teilen, den drei gelben mit dunklen nekrotischen Flecken und dem einen weißlichen, bereits braun verfärbten Schalenteil, gingen feine Bruchlinien aus, zogen Risse in den Raum und in die durch ihrer beider Habe geprägte Atmosphäre, noch kaum spürbar in diesem Angehaltensein, doch nicht mehr ungeschehen zu machen.

6 Buch

Lia musste nachts noch gelesen haben, und Emile schlug die Seite beim Lesezeichen nach:

»Wollen Sie nicht noch einen Tee mittrinken? Ich mache mir welchen.«

»Na gut.« Ich wusste nicht, warum ich das sagte. Ich wollte gar keinen Tee. Es fuhr mir einfach so heraus.

Sie schlüpfte aus ihrer Leinenjacke. Einen Hut hatte sie nicht getragen. »Ich schaue nur rasch mal nach, ob mit Roger alles in Ordnung ist.«

Ich sah ihr nach, wie sie zur Tür des Arbeitszimmers ging und sie öffnete. Sie stand einen Augenblick da, schloss die Tür dann wieder und kam zurück.

»Er schläft immer noch. Sehr fest. Ich muss noch einen Augenblick nach oben. Bin aber sofort wieder da.«

Sie nahm Jacke, Handschuhe und Tasche und ging die Treppe hinauf in ihr Zimmer. Die Tür schloss sich. Ich ging zum Arbeitszimmer hinüber, weil mir der Gedanke kam, die Schnapsflasche wegzuräumen. Wenn er schlief, brauchte er sie nicht.

36. Kapitel

Durch das Schließen der Glastür war es stickig geworden im Zimmer, und die hochgestellten Jalousien hatten es dämmrig gemacht. Es lag ein beißender Geruch in der Luft, und die Stille war um Grade zu tief und zu schwer. Es waren von der Tür bis zur Couch nicht mehr als fünf Meter, und nicht mehr als die

*Hälfte davon brauchte ich, um zu wissen, dass auf der Couch ein
Toter lag.*

7 Geste

Das Taschenbuch lag neben der Bananenschale, ein Roman
von Chandler mit schwarzgelbem Umschlag, auf dem in
groben Strichen eine Limousine gezeichnet war, deren Tür
offen über einer Lache stand, und fett verhieß der Titel einen
langen Abschied. Als Lesezeichen steckte eine Postkarte im
hinteren Drittel des Bandes. Nach dem Lesen der Seite,
die Emile eben nachgeschlagen hatte, war der Roman von
Lia auf den Sims gelegt worden, von der Hand hingeschoben, während sich ihr Körper durch eine Drehung schon
abzuwenden begann, sie mit der Rechten versuchte, aufgestützt auf der Armlehne, aus dem Fauteuil hochzukommen,
schwerfälliger als sonst. Die nachtschwarzen Scheiben spiegeln, es ist spät – ein Uhr, halb zwei? –, die Kopfschmerzen
haben nicht nachgelassen – und die Scheiben spiegeln ihre
Gestalt, undeutlich, verzerrt. Sie ist nicht groß, trägt eine
Jeans, darüber einen gestrickten Pullover, v-förmige Streifen verschiedenfarbiger Wolle, die vom Ausschnitt zu den
Fledermausärmeln laufen. Das Gesicht steht als Oval einen
Moment noch vor der Nacht, ruhig mit halb geschlossenen
Lidern, dann wendet es sich ab, die langen offenen Haare
fallen bis zur Mitte des Rückens, und sie geht die wenigen

Schritte zur Tür der Küche. Mit dem Löschen des Lichts fällt die Nacht als ein jodroter Schein auf die Wände.

8   Stadt

Emile empfand heftig, wie unhaltbar dies Dastehen beim Fauteuil, das Schauen auf das Buch und die Bananenschale war, und doch fühlte er sich außerstande, »zu tun, was getan werden musste«. Er blickte zum Telephon, das unter dem Lichtdurchlass zur Küche stand. Die Vorstellung, eine Stimme im Apparat zu hören, Wörter vernehmen zu müssen, die jemand zu dem sagen würde, was er mitteilen sollte und ihm unaussprechlich schien, erfüllte ihn mit Panik.

Er musste raus aus der Wohnung, sofort, zog sich wieder die Jacke über, obschon sie zu leicht für die Kälte war und er etwas Passenderes im Schrank hängen hatte, doch es litt keinen Aufschub, und Emile lief los, hastete durch den Flur und Vorraum, die Treppe hinab zum Gehweg, querte die Hauptstraße, lief in Richtung der Altstadt. Es war die Stunde, die zu spät für die zu den Büros eilenden Angestellten war, zu früh jedoch für die Bummler, die ein paar Einkäufe besorgen wollten. In den Geschäften brannte Licht, wurden Waren entgegengenommen, ausgepackt, geordnet, und die Läden leuchteten wie Terrarien eines normalen Lebens. Sie warfen einen Schein in die Straße, die vom winterlichen Licht wie von Zinn übergossen war, matte Abstufungen von Grau, und Emile stand vor der Arkade des Theaters, sah auf den Platz, die Haltestelle der Straßenbahn mit Kiosk, blickte zur steinernen Büste auf dem Sockel, hinter dem die Bäume ihr dunkles Geäder in die neblige Luft zogen. Leute gingen, Autos fuhren, die Straßenbahn hielt, eisig war die Luft, seit Tagen hatte sich die Kälte in den Mauern und Ritzen festgebissen. Emile wandte sich um, dann dort- und hierhin, unentschlossen, schließlich schlenderte er – geleitet von einem Rest Gewohnheit – zur Auslage einer Buchhandlung. Schwarz firmierten die Titelschriften, und auf die Bücher ergoss sich ein warmes Licht. Farben leuchteten, ein drängendes Rot, ein spöttisches Gelb, und ein Gefühl bemächtigte sich Emiles, diese Sedimentschichten von Gedanken, Reden, Erklärungen und Sinnbildern falteten sich auf, höben ihn durch die Geschehnisse der vergangenen Nacht über die Alltäglichkeit hinaus, und er stünde auf all den Werken als ihr Bezwinger, hätte unversehens eine Bedeutung erlangt, die weithin sichtbar sein müsste, wie die steinerne Büste auf dem Sockel: Ein Mann, einzigartig und unverwechselbar, gezeichnet von einem wirklichen Schicksal, das ihn zu Einsichten von singulärem Rang führen würde. Und Emile wandte sich ab, war jetzt jemand, der einen Anzug trug, vielleicht in Paris oder London lebte. Er fühlte sich in eine Ähnlichkeit versetzt mit jemandem, den er zwar nicht kannte, der jedoch in Wollmantel und Hut sich souverän bewegte, wenn auch in einer Vergangenheit, in einer Zeit schwarzweißer Bilder.

9 Café

Emile schritt befreit aus, in einer Gegenwärtigkeit, die losgelöst von Erinnerungen war und ihn mit einer nebligen Leichtigkeit umgab, auch wenn hinter den matt metallischen Fassadenzügen der sich zum Fluss hin neigenden Straße, hinter dem Verkehr, den Passanten, die auch in dieser leeren Stunde unterwegs waren, ein lichtloser Grund verbarg. Emile beschloss, ein Café aufzusuchen, nahe am Fluss, in dem er früher verkehrt hatte, als noch die Schachspieler hinter den Scheiben zur Straße hin saßen und man vom ersten Stockwerk aus einen Blick über den Quai und das Wasser hin zu einer ummauerten Insel mit Bäumen hatte, man in Muße die Allee vor dem lang gestreckten klassizistischen Gebäude betrachten konnte, das mit Türmchen, Spitzgiebeln und einer Wetterfahne in den Himmel stach.

Doch das Café war jetzt umgebaut und kein Treffpunkt mehr für Schachspieler und Zeitungsleser, keiner für junge Gesichter mit langen Haaren, die herausfordernd über karierte Schärpen blickten, und auch keiner für alte Gesichter, die vor ihren Tassen in Erinnerungen schauten, Emigranten, sitzen geblieben und festgewachsen an diesem ihnen einzig verbliebenen Ort. Dieser war nun kühl, praktisch, für rasche Bedienung eingerichtet. Emile setzte sich im ersten Stockwerk an einen der Aluminiumtische, eingeklemmt zwischen Stühlen mit knapper, runder Lehne, doch zu seiner Zufriedenheit war der Ausblick unverändert, die Sicht auf die Stufen zum Fluss, zu den Anlegestellen der Pedalos und Ruderboote, die rechteckig in die Spiegelung des Wassers ragten, zum gegenüberliegenden Ufer, das über einem Steinband jene Fassade trug, die Emile auch weiterhin gestattete, sich in einem schwarzen Anzug mit Krawatte zu fühlen, eingekleidet in eine Bedeutung, die groß, aber unerkannt war, einen Hauch Vergangenheit ausströmte, auch wenn neben dem Tresen von den vielen und vielsprachigen Zeitungen, die es früher in dem Café gegeben hatte, nur mehr gerade zwei übrig geblieben waren. Er hatte Espresso, dazu ein Glas Wasser bestellt, holte sich die eine Ausgabe vom Zeitungsständer, eingerollt über dem Holzgriff, überflog die Seiten, wendete sie, so leicht und selbstverständlich – und sah dann auf ein Bild, das dieses Auf- und Hervorgehobensein, das ihn seit dem Betrachten der Auslage in der Buchhandlung begleitet hatte, augenblicklich zunichte machte: Auf der Seite der Lokalnachrichten war ein kurzer Bericht von einer Pressekonferenz, und Emile sah auf das Bild von Lia – wahrscheinlich das letzte, das es von ihr geben würde.

10   Pressephoto

Lia trug den Pullover aus den v-förmig gestrickten Streifen, saß an einem Tisch, die Arme aufgestützt, vor sich Hefte, ein Notizbuch, lose Blätter, eine zu zwei Dritteln leer getrunkene Flasche Saft. Zwischen den feingliedrigen Fingern steckte der Kugelschreiber wie eine Zigarette, die sie nächstens zum Mund führen würde, und sie blickte zu jemandem außerhalb des Bildes. Das Haar hochgesteckt, den Kopf leicht zur Seite geneigt, hörte sie aufmerksam zu, und hinter ihrem Gesicht lag ein Lächeln, das nur gerade die Augenwinkel erreichte, die übrigen Züge jedoch der Vorsicht überließ. Neben ihr saß ein Kollege, der genauso aufmerksam der Person außerhalb des Bildes zuhörte, vielleicht einer Journalistin, vielleicht auch einem der Geldgeber, jedoch ohne Lächeln, mit scheinbarer Ernsthaftigkeit. In seinem Blick versteckte sich Schadenfreude, war eine Neugier, ob Lia sich aus der Falle der Frage würde retten können. Emile kannte diese Haltung Lias, die auf dem Photo abgebildet war, Kraft und Sicherheit ausstrahlte, die Bereitschaft auch, wenn nötig, für ihre Sache zu kämpfen. Er lächelte über die leicht abschätzig nach unten gebogenen Mundwinkel. Ihre Antwort käme wie an einer Peitschenschnur entlang hervorgeschossen, würde den Fragenden mit einem staubigem Knall erschrecken: Sie müsse manchmal wie eine »Dompteuse« sein, hatte Lia im Scherz gesagt, auch bei den eigenen Leuten, anders sei eine Filmequipe, ein Haufen von so großen Individualisten, nicht zusammenzuhalten. *Konzentriert, mit klaren Vorstellungen* – stand unter dem Bild neben Lias Namen. Niemand würde bemerkt haben, wie sehr die Präsentation sie vorgestern belastet hatte, wie Lia noch immer litt und fürchtete, auf das vor nicht allzu langer Zeit gescheiterte Projekt angesprochen zu werden, für das sie jahrelang gekämpft und Diffamierungen hatte hinnehmen müssen. Doch auf seine Nachfrage hin, wie die Pressekonferenz verlaufen sei, hatte Lia bloß mit den Schultern gezuckt: – Das Übliche halt, was sich bei jedem Projekt wiederholt. Einwände, Geldfragen.

11   Summton

Nichts von dem Gefühl, losgelöst und frei von Verpflichtungen zu sein, blieb, und Emile empfand es als Ironie, dass ausgerechnet eine Schwarzweiß-Aufnahme ihn aus der Vergangenheit zurückgeholt hatte. Er rollte die Zeitung ein, und während er den Holzgriff drehte, mit der Linken das bedruckte Papier kühl und glatt in der Handfläche spürte, lief der Kellner hin und her, stellte Kaffeetassen vor Gäste, die einen Fahrplan studierten oder sich besprachen, nur einfach dasaßen und aus dem Fenster schauten, wo auf dem Gehsteig wenige Leute, die Kragen an ihren Mänteln hochgeschlagen, vorbeihasteten, Autos und die Trambahn fuhren, und Emile legte die Zeitung auf das Aluminiumtischchen zurück, tat dies behutsam, als müsste er mehr als die paar bedruckten Seiten zurücklassen. Er beschloss, zu Fuß nach Hause zu gehen, Schritt vor Schritt zu setzen, als vermöchte das einfache Gehen ihn ein wenig zu verdeutlichen, seine Gegenwart, die ihm durch das Photo zurückgegeben worden war, in der ihn umgebenden Bewegung sichtbarer zu machen. Für die Zeit seines Spaziergangs würde auch länger bestehen bleiben, was noch ihm und Lia allein gehörte, keine Wirklichkeit für andere wie Lias Verwandte, ihre Mitarbeiter und ihre wenigen Freunde besaß. Sie müsste er nun benachrichtigen – auch Klara, die seit Kurzem die Stunden seines Tages, die Arbeit verwirrte, und heute Abend hätte zum Essen kommen sollen. Emile erschreckte erneut die Aussicht, was gestern Nacht geschehen war, nun in Wörter fassen zu müssen, sie durch ein Telefon hinaus in einen Alltag zu senden, wie er im Büro des Tuchhandels seinen gewohnten Gang nahm: Die Sätze würden sich einprägen, würden wie die Abdrucke im Schiefer nicht mehr zu löschen sein.

Vorraum, Flur, die Wohnstube – unverändert lag die Bananenschale auf dem Sims beim Fenster, drei gelbe und der eine bereits braun verfärbte Schalenteil, die Luft war leer, verbraucht, stand still in dem niederen Raum, in dessen Scheiben die Äste des Zwetschgenbaums hineinragten, und ein Fenster im gegenüberliegenden Block leuchtete. Emile setzte sich neben das Telephon, nahm den Hörer auf, hörte das Summen so wie den Ton eines Oszillographen, wenn

der zuckende Kathodenstrahl über dem Spitalbett plötzlich
in einer geraden Linie ausläuft. Emile wählte die Nummer
einer Kollegin von Lia, nur um diesen Ton zu unterbrechen,
und musste als Preis dafür einer ihm Unbekannten von dem
Geschehen in der Nacht berichten, das nicht wirklich zu
beschreiben war.

12 Nacht 1

– Es muss um zwei, halb drei in der Nacht gewesen sein, als
ein Schlagen in meinen Schlaf eindrang, gleichmäßig und
erst leise, als käme es von fernher, wäre jedoch eindringlich genug, um mich aus dem Tiefschlaf herauf und in eine
dumpfe Wärme zu holen. In ihr wurde dieses Schlagen nun
von Lauten begleitet, die in meinem Schlafbenommensein
störend waren, sich nicht mehr abweisen ließen und signali-
sierten, dass »etwas nicht stimme«. Das Ich wurde aus dem
warmrötlichen Untergrund heraufgezogen, löste sich vom
Schlaf, auch von den Traumbildern, die verloren gegangen
sind. Sie mochten Licht und Tag vorgestellt haben, den Ort
vielleicht, den ich so besonders mag, eine Bucht am See,
bestanden mit Weidenbäumen, zu der ich an Sommertagen
bachaufwärts durch Riedland gerudert bin, das Boot zwischen Schilf und an Seerosen vorbeigleiten ließ, unter den
Schatten bewegter Äste durch – Traumbilder, die zerbro-

chen und erloschen sein mussten, bevor sie ins Bewusstsein, zu diesem Ich gelangten, das dalag, noch nicht wusste, an welchem Ort es sich befand, jedoch ein Schlagen wahrnahm, wie ich ein Schlagen zuvor nie gehört hatte, dumpf und schmerzhaft, das sich in der Nähe, ja neben mir ereignete, doch in mir auf kein Erkennen stieß.

Stattdessen drangen ein Bücherregal und ein Stuhl mit abgelegten Kleidern in meine Wahrnehmung, Umrisse im jodfarbenen Licht der Straßenleuchte, das als ein Dämmer durch die vorgezogene Gardine fiel. Sie weckten die Gewissheit: Ich bin zu Hause, in der gewohnten Umgebung, dies ist das Schlafzimmer an der Trottenstiege, und das Schlagen, die stöhnenden Laute können nur von Lia sein, die neben mir schläft, wie in all der Zeit, in der wir zusammen gewohnt haben. Doch in diese eben gewonnene Beruhigung schoss eine Angst in meinem Körper hoch. Der Gedanke – das Schlagen hätte mit Lia zu tun, würde von ihr verursacht – löste ein tastendes Suchen aus, das sein Ende im Aufflammen der Lampe fand. Ein Bild wurde nach dem Geblendetsein sichtbar, das nie wieder zu tilgen wäre:

Lia lag neben dem Bett am Boden, schlug mit dem Arm um sich, warf den Kopf hin und her. Die Augen waren eingekniffen von Schmerz oder von Bildern, die schrecklich und quälend sein mussten. Urin nässte ihren Pyjama, sickerte auf den Teppich, während ihr Arm schlug und schlug, als müsste aus ihm alle Kraft ausgetrieben werden.

13 Benachrichtigung

Seine Stimme wankte, sie hatte keinen Grund mehr, bestand aus brüchigen Tönen, die untereinander verbunden, doch ohne ein Fundament waren. Emile saß da, allein, in der Wohnstube, umfangen von dem nebligen Licht in den Fenstern, hielt den Hörer in der Hand, sprach zu Personen, die er – soweit es Arbeitskollegen von Lia betraf – nicht kannte, versuchte zu sagen, dass Lia sich im Koma befinde und auf der Intensivstation der Universitätsklinik liege: Sätze, die in dem Zimmer an die Bücher und Fenster prallten, durch den »Draht« einen Ausgang fanden – und bei den angerufenen Personen ein Zurückschrecken auslösten, als wären die Wörter auch am anderen Ende der Leitung noch Energieteile mit der Kraft von Gummigeschossen. Sie dämpften die Stimmen, zwangen zu unterdrückten Ausrufen wie »Jesses!« und »Furchtbar!«, mit denen sich die Angerufenen zu wehren suchten. Jedes Mal nach dem unterbrechenden Geräusch im Hörer trat eine Leere ein. Sie war stumm, ohne Zeit. Doch wie aus einem Quellgrund füllte sie sich neu mit Schmerz.

Emile hatte also getan, »was getan werden musste«, und während er vor dem Apparat saß, wurde ihm bewusst, wie seine Worte, einmal ausgesprochen, sich bereits vervielfältigten. Er glaubte zu hören, wie jetzt die Kollegin, Lias alte Tante, Emiles Mutter das Geschehene zu einer Neuigkeit umschufen, die man weitergeben wollte. Ihre Wörter zogen ein Netz in diesen Morgen hinaus, das die Geschehnisse der vergangenen Nacht in feste Vorstellungen einfing, dem Erlebten eine Tatsächlichkeit geben würde, die Emile mit der Wucht zurückprallender Geschosse traf.

14   Schwerkraft

Emile saß vorgebeugt im Stuhl, das Gesicht vom Telephon abgewandt. Die Gespräche hatten eine Erinnerung an den Abend des Vortags geweckt, der wie abgetrennt hinter kreiselndem Blaulicht in einer fernen Vergangenheit lag. Kurz bevor er zu Bett gegangen war, hatte es eine Unstimmigkeit zwischen Lia und ihm gegeben. Er war ungehalten gewesen, doch obschon er nicht mehr wusste, was der Anlass gewesen war, zwang ihn das Unbehagen, die zuletzt gewechselten Worte könnten abweisend, gar zornig gewesen sein, in der Erinnerung weiter zurückzugehen: Lia und er waren gestern bei seiner Mutter zu Besuch gewesen, hatten bei ihr zu Abend gegessen. Früh waren die Felder und Äcker, auf welche die großen Fenster sahen, in eine blaue Dämmerung versunken, hatte sich der Weiler aus Bauernhäusern auf den stechenden Schein einer Straßenlampe zusammengezogen, legte sich die Froststarre auf das vom Lichtschein des Wohnraums erhellte Stück Rasen. Der Tisch würde sorgfältig gedeckt gewesen sein, wie es bei Mutter schon immer der Brauch gewesen war, das Essen musste vorzüglich geschmeckt haben, der dazu servierte Wein, noch von Vater gekauft, hätte seit Jahren im Keller gelagert. Doch Emile erinnerte sich an keine Einzelheiten, wusste nicht mehr, was sie geredet, getrunken, gegessen hatten. Nachdem sie aufgebrochen waren und die schmale Straße den Hügel hinunterfuhren, eingepackt in ihre Wintermäntel, der Wagen noch eisig von der Kälte war, die Scheinwerfer auf die gleißend vereiste Fahrbahn stachen, sank Lia in ihrem Sitz zusammen, als verlöre sie Kraft und Haltung, brach in Tränen aus. – Ich kann nicht mehr, ich kann nicht mehr! sagte sie, und während Emile hielt, nachfragte, was geschehen sei, gab sie zur Antwort:

– Es ist zu viel.

Doch dieser kurze Zusammenbruch war nicht gestern gewesen. Gestern hatten sie nur ebenfalls seine Mutter besucht, und als sie nach Hause fuhren, war es ähnlich kalt gewesen wie damals. Die Erschöpfung, die Lia – ohne dass sie sich angekündigt hätte – so heftig überwältigte, danach auch wieder verschwand, musste vor zwei Wochen, vielleicht vor einem Monat gewesen sein. Lia hatte die Schwäche mit der Arbeit begründet, mit dem Projekt, das vor drei Tagen vorgestellt worden war. Noch immer glaubte sie, es würden ihr auch jetzt noch gezielt Hindernisse in den Weg gelegt. Emile hatte sie zu trösten versucht. Doch es war sehr wohl möglich, dass er es nicht ernsthaft getan hatte. Er erinnerte sich nicht. Vielleicht hatte er ein paar Sätze gesagt, die nur wie Trost klangen, sich am Leid aber nicht wirklich beteiligten. Wahrscheinlich hatte er Lias Erschöpfung bloß als eine flüchtige Erscheinung abgetan, die nach ein paar Ratschlägen keine weitere Beachtung mehr verlangte. Ein Gedanke wäre ihm allerdings unerträglich gewesen, dass der Vorfall etwas mit Klara, seiner Zuneigung zu diesem Mädchen, zu tun hätte. Inzwischen aber war aus einer ersten Verliebtheit eine Leidenschaft geworden, hatte sich eine Nähe zu Klara ergeben, die Emile noch vor kurzer Zeit für undenkbar gehalten hätte. Er hatte Lia aus seinen Gefühlen mehr und mehr ausgeschlossen, und der Gedanke begann ihn nun zu quälen, seine Liebe für Klara könnte Lia in die Krankheit getrieben, sie zu dieser letzten, heftigsten Reaktion gezwungen haben.

15   Klänge

Emile stemmte sich an den Armstützen des Stuhles hoch, in dem er nach den Anrufen sitzen geblieben war, stand einen Augenblick da. Vom Büro her und dem Vorraum hörte er Schritte, das Klappen von Türen, Stimmen, durchzogen von dem gleichförmigen Lärm der Hauptstraße, doch die Geräusche waren wie auf eine wattig schallgedämpfte Stille geklebt, die ihn umgab. Emile ging zur Stereoanlage, drückte die Tasten. Er hatte in den letzten Wochen tagsüber und wenn er allein war, eine Musik gehört, die ihm Klara geschenkt hatte – und die Klänge brachen aus den Boxen, sprengten die wattierte Stille im Wohnraum, füllten ihn mit Gefühlen. Sie weckten eine Sehnsucht, süß und klebrig, von einer Melancholie, die ihn zu einer tränenfeuchten Sentimentalität aufweichte. Er drückte unverzüglich die Stopptaste, flüchtete zurück in die wattierte Stille, die einfacher zu ertragen war als die Klänge ihrer Lieblingslieder. Nein, er hatte nicht alles getan, »was getan werden musste«, er hätte auch Klara benachrichtigen sollen, ihr sagen, dass nichts aus der Einladung am Abend bei ihm und Lia werden könne, es kein gemeinsames Essen mehr geben werde. Doch etwas in ihm weigerte sich, das Mädchen anzurufen. Klara bliebe in diesem anderen, seit heute Nacht abgeschlossenen Dasein zurück, würde von ihm getrennt wie das Leben, das sich in eine Vergangenheit abgetrennt hatte, zu der keine Fortsetzung vorstellbar war. Er aber wollte Klara nicht verlieren, sie halten, sehnlicher als zuvor, ein Mädchen, das dieses Leben noch so ganz und unbeschädigt besaß! Und Trotz stieg in ihm hoch, eine verzweifelte Wut auch. Er würde sich wehren, er würde auf diese Wand, die er zwischen sich und seinem bisherigen Alltag wachsen spürte, einschlagen, wieder und wieder, bis alle Kraft aus dem Arm gewichen wäre.

16   Nacht 2

– Und Lias Atem ging stoßweise, sie redete wie in einer Trance, rasch, atemlos und unverständlich, als wären die Worte durch das Rollen in den Wellen verschliffen, auf die Lippen hochgespült ohne scharfe Konsonanten, ohne raue Vokale, nur weiche, glatte Fläche, über die weg ihr Atem ging, und Emile beugte sich über ihr Gesicht, um zu hören, um vielleicht zu verstehen, was Lia sagte, was sie zu ihm sagte, und er spürte diesen warmen Atem auf der Wange, roch ihren Speichel, lauschte auf die Laute, die auf dem ein- und ausgehenden Atem schwammen, gehetzt, verängstigt, von einer Dringlichkeit, die ihn nicht erreichte: Nichts, nichts verstand er, zu sehr schon waren die Silben verwischt, die Wörter verwaschen, und Emile rief sie an: – Lia! Lia! Schrie – in der Hoffnung, zu ihr durchzudringen – und merkte, dass er nicht gehört wurde, dass ihre Wörter, so unverständlich sie waren, aus einem Raum heraufdrangen, dunkel und fern, in dem er nicht mehr vorkam, und auch nicht mehr verstanden wurde.

17 Leben

Klara war genauso, wie Lia sie beschrieben hatte: Hellwach, mit einem Lachen, das Kugeln über Wörter und Sätze rollen ließ, frech und respektlos, begleitet von unbeholfenen, nervös zuckenden Gesten. Ihr Blick, der vor Mutwillen sprühte, verwandelte sich fast übergangslos in ein Staunen oder ein vorbehaltloses Schauen, das ihr die unstimmig amüsanten Seiten ihrer Umgebung enthüllen musste. Ihre Kommentare waren denn auch witzig, ohne boshaft zu sein, von einer Naivität, die frisch und bezaubernd war.

Lia hatte eine Einladung als Ehrengast zu einem Ball erhalten. Kurz zuvor war ein Radio-Feature, das sie über »Die wunderbaren Jahre« machen durfte, ausgestrahlt worden, und die Zeit der Fünfziger- und frühen Sechzigerjahre sollten auch das Thema der Ballnacht sein. Eine rauschhafte Rückkehr in die »unbeschwerten Jahre des Wirtschaftswunders« sollte eine Nacht lang die ehrwürdigen Hallen der Alten Universität erfüllen, doch Lia würde mit Beginn des Winters mitten in der Vorbereitung einer neuen Produktion sein, an Konzept und Drehbuch arbeiten, Eingaben schreiben, Verhandlungen führen, ein Team zusammenstellen. Für einen Ball bliebe keine Zeit.

Vielleicht hatten Lia und er, als sie über die Einladung sprachen, da in der Wohnstube gesessen, am Schiefertisch, sie würden gegessen haben, was Lia auf dem Gasrechaud zubereitet hatte, Teller, Töpfe und Gläser hätten auf dem schwarzen Stein gestanden, den jetzt ein Schleier Staub bedeckte.

– Immerhin bekomme ich zu einem so traditionsreichen Anlass wieder eine Einladung, sagte sie, nicht ohne Ironie, denn Lia hatte bis vor zwei Jahren den Fall eines Kunsthistorikers und erklärten Kommunisten, der durch eine Reise in die Sowjetunion zum Ziel tätlicher Angriffe einer aufgebrachten Menge geworden war, dokumentieren wollen. Sie hatte für dieses Projekt gekämpft, länger als für sie gut war. Es brachte sie in den Ruf einer »Hörigen linksideologischer Kreise«, die ausbleibenden Aufträge zwangen sie, ihr Appartement aufzugeben, zu Emile zu ziehen, obschon die drei Zimmer an der Trottenstiege zu eng für sie beide waren.

– Ich möchte, dass du mich vertrittst.

Lia hatte vorgeschlagen, die Tochter eines Kollegen zu seiner Begleitung einzuladen. Sie sei ein Mädchen, das sie an die eigene Jugend- und Gymnasialzeit erinnere, gerade erst achtzehn geworden und ebenso altklug und vorwitzig, wie sie selbst einmal gewesen sei. In dem Alter sei eine Ballnacht ein Erlebnis, auch sie habe ihren Vater zu Theaterfesten begleiten dürfen, worauf sie unglaublich stolz gewesen sei.

Emile hatte eingewilligt, nachdem er Klara bei der Uraufführung eines Films gesehen und mit ihr ein paar Worte gewechselt hatte. Eine Ballnacht mit ihr würde ein unbeschwertes Amüsement sein. Darüber hinaus könnte er das Fest, das er als steife, bürgerliche Veranstaltung einzuschätzen geneigt war, selbst unbeschwert genießen. Er ginge ja um Lias willen hin, für einen Gefallen, den er schlecht ausschlagen konnte – und zur Freude eines jungen Mädchens, das bestimmt anspruchslos, doch voll fröhlicher Begeisterung sein würde.

18   Arbeitszimmer

In seinem Arbeitszimmer fänden sich weitere Spuren aus dem Vortag, unberührt, wie er sie vor dem Besuch bei seiner Mutter zurückgelassen hatte, verlangten nach Gegenwart und Fortsetzung: Sein Artikel, der kaum begonnen war, ein Stapel von »abstracts«, der auf Lektüre wartete, und Emile war sich nicht sicher, ob er sich daran erinnern wollte. Nachdem er die Musik abgestellt hatte, einen Moment in der wiederhergestellten Stille verharrte, näherte sich ihm für einen Moment dieses Empfinden, abgelöst und herausgehoben zu sein, wie er es auf seinem Spaziergang zur Stadt heute Morgen verspürte hatte. Er fühlte den Herrn in dunklem Mantel wieder, der etwas Unanfechtbares verkörperte, das vergangen und künftig zugleich war, doch ohne eine Gegenwart, wie sie der noch unfertige Artikel von ihm fordern würde: Erneut Stunden am Schreibtisch, quälend vor einem Thema, das ihm mehr und mehr entglitt, erfüllt von einem Verlangen, aus all den schiefergrauen Mustern, petrifizierten Festlegungen, erstarrten Lebensgerüsten auszubrechen, leicht zu sein, schwebend zu sein, in einem Raum ohne Gewohnheit, ohne den Trott und das Vorherwissen von Stunden, Tagen, Jahren. War das jetzt erreicht? War mit dem Schlagen von Lias Arm nicht alles zerbrochen, das so unverrückbar schien, hatte aufgehört zu sein, war nun einfach Leere, in die das Licht vom Fenster her einfiel, die Bruchsteine der Wand über seinem Schreibtisch erhellte, den Schrank mit seinem polierten, doch altersdunklen Furnier ins Zimmer wölben ließe, das Bücherregal zu langen farbigen Strichcodes untereinanderreihte? Emile drückte die Tür zum Arbeitszimmer auf, trat in den um eine Stufe tieferen Raum, machte die wenigen Schritte auf der Sisalmatte zu seinem Arbeitstisch, blickte auf die Platte, ein Rechteck verleimter Bretter, auf dem die Stapel Bücher, Abstracts und eng beschriebenen Seiten seiner Studie lagen – und sich immer auch ein wenig Sand von den Bruchsteinen der Wand sammelte. Die Hände auf die Lehne des zugeschobenen Stuhls gelegt, sah er auf einen Brief, den er an Klara zu schreiben begonnen hatte und während er ihn las, wurde Emile sich bewusst, dass er die Arbeit »Zur Bedeutung der Ähnlichkeit in der Systematik« nie beenden würde.

19 Brief

Wo bin ich hingeraten? Ich weiß es nicht, ich kenne den Ort nicht,
an den ich gelangt bin, durch Stürme getrieben: Ein Gestade,
mir fremd, schwebend über dem Wasser, erfüllt von einem Licht,
wie ich es zuvor nie gesehen habe. Denn ich komme aus Schiefer
und Platten, aus den Todeswürfen der Skelette, aus einer Welt,
in der die Fabeltiere überlange Hälse über die Schachtelhalme
reckten, Palmfarne ihre Wedel im Wind rasseln ließen, seichte
Meerbuchten unter der Sonne brüteten. Die Wildnis war erfüllt
von Reptilien, die alle Formen der sich entwickelnden Säuger
schon ausgestaltet hatten – doch kein menschliches Auge war
da, die ersten Vögel zu sehen. Ich schaue sie als Knochen und
Abdrucke, verwandelt zu Stein in Stein, kunstvoll präpariert,
übersetze ihre ungeschauten Körper in kalte abstrakte Räume,
Wortgebilde von der Nüchternheit des Betons, befähigt zu im-
mer neuen und kühneren Gebäuden, wie sie die wissenschaftliche
Arbeit heute verlangt. Doch nun, aus diesem fernen Orbit juras-
sischer Farnwälder und kühler Begrifflichkeit die Ankunft am
Strand neu zu entdeckenden Lands: Ich zögere, meine Schritte
hineinzusetzen, möchte innehalten – und kann nicht. Zu wun-
derbar ist dieses Licht, das die Landschaft offenbart, leuchtend
bis in die Schattentiefen. Ich sehe auf Wiesen, wie es sie nur in
Gemälden gibt, den spätmittelalterlichen Paradiesen, phantas-
tisch und auch schon bedroht wie in Hieronymus Boschs »Garten
der Lüste«, und es ist kein Zufall, dass der Drachenbaum hinter
Adam steht und zu Füßen Evas sich ein dunkler Teich öffnet,

aus dem die ersten Zwitter kriechen wie einstmals die Tetrapo-
den an Land. Und dennoch werden sie sich in ihrer Nacktheit
erkennen, als ein Zug mit den erwachten Tieren – Hirsch und
Panther, Schwein und Pferden –, um den Jungbrunnen ziehen
wie im Mittelbild – bereit, die Grenzen zwischen den Körpern
fallen zu lassen, sich hinzugeben an einen Rausch im andern, im
noch nie Berührten, nie Vermischten: Diesen Bruch der Gebote
zu wagen, in die alle Lust mündet – doch ich? Habe ich ihn denn
getan? Werde ich ihn wieder tun?

20   Helle

Emile stieß sich von der Stuhllehne ab. Er musste Klara
anrufen, ihr sagen, dass es nichts mit dem vereinbarten
Essen heute Abend sei. Nein, auch nicht zu zweit, nicht
jetzt, da Lia in der Klinik liege. Sie könne unbesorgt sein,
er brauche keinen Trost, keine Nähe. Er würde jetzt nie-
manden bei sich vertragen, schon gar nicht, um zu reden.
Er wolle allein sein. Und Emile ging zur Tür und durch
die kleine Küche zurück in die Wohnstube, setzte sich,
um Klaras Nummer zu wählen. Doch die Leere, die ihn
hier umgab, hatte jetzt einen ersten Anstrich von Verlas-
sensein. Sie fühlte sich kühler und als ein größeres Ent-
ferntsein an, nicht viel, einen Grad, einen Fingerbreit nur,
doch genügend, das Licht um eine Spur stärker zu brechen,

die neblige Feuchte vor dem Fenster spürbarer werden zu lassen.

Emile hatte nicht damit gerechnet, dass sich statt Klara ihre Mutter melden würde, er also zuerst ihr erzählen musste, was geschehen war, um dann zu hören, wie aus dem ersten Anprall lauter Fragen wurden, die er nicht beantworten konnte, die er auch nicht beantworten wollte. Als endlich Klara an den Apparat kam, blieb ihm nur, sich zu wiederholen, Wendungen zu benutzen wie »was ich eben deiner Mutter schon gesagt habe«. Er spürte, wie der paradiesische Garten, den er in seinem Briefentwurf so pompös aus Bild- und Lesefrüchten angelegt hatte, in ihrem schweigenden Zuhören zerfiel. Emile versuchte, sich Klaras Gesicht vorzustellen, wie es ihm von der Begegnung vorgestern in Erinnerung geblieben war, die breite Stirn unter den langen gewellten Haaren, die ihr beidseits der Wangen auf die Schultern fielen, das eher runde Gesicht schmaler machten, dafür die Augen unter den Bogen dunkler Brauen groß erscheinen ließen, Augen, die hart und glänzend von Spott und Lebenslust sein konnten, doch auch von einer Weichheit, wenn ein Staunen in ihr Gesicht kam. Sie war so jung, wie konnte sie begreifen, was letzte Nacht geschehen war? Wozu sollte sie in dieses Dunkel sehen, da die Helle sie noch so sehr blendete?

Emile legte den Hörer auf.

21 Kühlschrank

Ein Würgen sackte in den Magen, lag als eine Übelkeit unter dem Brustbein, die sich wie Hunger anfühlte und Emile daran erinnerte, dass er seit gestern Abend nichts mehr gegessen hatte. Der ovale Biedermeiertisch im Speisezimmer seiner Mutter, bedeckt von schneeweißem Batist, auf dem die Kristallgläser, Teller, die Gabeln und die Messer mit Großpapas Monogramm sehr korrekt angeordnet lagen, war wie immer ein Tableau vergangenen Anstands und Sitte gewesen, das über der Landschaft vor den Fenstern – den Feldern und den Gehöften – schwebte. Man aß mit geradem Rücken und leicht geführtem Besteck, und seit dem Tod seines Vaters vor rund zehn Jahren hatte Emile ganz selbstverständlich dessen Platz eingenommen, gehörte es nun zu seinen Aufgaben, am Tisch den Braten vorzuschneiden, den Wein auszuschenken, für die Einhaltung eines Rituals zu sorgen, das einem großbürgerlichen Haushalt entstammte und sich wie eine kleine museale Aufführung ausnahm. Zu Hause, in der Trottenstiege, wurde dagegen kein Aufwand getrieben. Die Teller – Requisiten aus einer Filmproduktion – wurden nur einfach auf die Holzfassung des Schiefers zwischen ein Stahlbesteck gestellt, und ein Blatt Haushaltpapier genügte als Serviette.

Emile ging in die Küche, in deren Schattendunkel einzig dieser Glanz vom Spiegel über der Spüle war. Dem Gasrechaud gegenüber, auf dem Lia jeweils gekocht hatte, stand das Regal, in dem sich die Vorräte stapelten und in das ein Kühlschrank eingepasst war. Er müsste etwas essen, bevor er zur Klinik zurückkehrte, in den Raum voll von Apparaturen, wohin er »gegen Mittag wiederkommen solle, man wüsste dann Genaueres«.

Ein saugendes Geräusch, das Licht schaltete sich ein, beleuchtete auf den zwei Rosten ein Stück Butter und eine Tüte Milch, in Papier eingeschlagene Käsesorten und eine Packung Wurst. Unten stand eine Schale mit den Resten einer Mahlzeit, die Lia vor zwei Tagen gekocht hatte. Daneben lag auf einem Unterteller ein Stück Fleisch, in Frischhaltefolie verpackt, gab es ein Sträußchen welken Schnittlauchs und eine halbe Zitrone, deren Schnittfläche eingetrocknet war, und Emile, in der Hocke, sah in diese »nature morte« eines Alltags, noch von Lia geordnet, Endpunkte ihrer Bewegungen, Abdrucke einfacher Verrichtungen, und Emile war unfähig, sich etwas von den Esswaren zu nehmen, die im Licht und zum einsetzenden Surren des Motors vor ihm ausgebreitet lagen. Er konnte diese jetzt noch erhaltenen Spuren unmöglich verwischen, bereits auflösen, die auf eine ihm selbst nicht klare Art ein Teil noch von Lias Leben waren.

22 Wegstück

Er würde in der Cafeteria der Klinik essen. In Eile kleidete er sich an, schlang den Schal um den Hals, steckte die Handschuhe in die Manteltaschen. An der Wohnungstür horchte er, ob jemand im Vorraum sei, dann schlüpfte er hinaus, stieg die Treppe zum Gehweg hinunter.

Er wollte zu Fuß gehen, folgte ein Stück weit der Hauptstraße, die auch jetzt stark befahren war – und nachts, während sie mit der Ambulanz zur Klinik gerast waren, verödet und unwirklich im Licht der Straßenleuchten zwischen den Häuserfronten gelegen hatte, während das Blaulicht wie Hiebe über die Fassaden hin gekreiselt war. Emile zweigte in eine Straße ab, die den Hügel hinunter und in ein Wohngebiet führte, das er nicht kannte. Hier bewegte er sich freier, ohne erinnernde Blicke an die nächtliche Fahrt. Es war zudem ein altes und ruhiges Wohnquartier. Die Häuser, gegen Ende des neunzehnten Jahrhunderts von wohlhabenden Leuten erbaut, hatten Schatten von Staub bekommen, Flecken und Risse im Gemäuer. Ihr Alter zeigte sich an den Bäumen, den eingetretenen Wegen und einer Vegetation, die sich an die einstige Anlage der Gärten nicht mehr hielt. Emile fühlte sich dennoch durch die beidseits der Straße stehenden Gebäude, durch die er mit den Händen in den Manteltaschen schritt, gestützt und gehalten, versichert von eben dieser Vergangenheit, die als »Tableau gepflegter Lebensart«, auch an Sonntagen wie gestern, im mütterlichen

Haus mit Silber und Porzellan-Service, eine durch nichts zu erschütternde Unumstößlichkeit behauptete.

Er verlangsamte seine Schritte, als wolle er länger in der Straße und in dem Quartier alter Häuser verweilen, sich hinauszögernd noch das Gestützt- und Gehaltensein bewahren, bevor er zu dem Stahl-Glas-Kubus gelangen würde, dem Laborgebäude eines der medizinischen Institute, das mit neonbeleuchteten Räumen eine Wirklichkeit ankündigte, in der »die Werte der Untersuchungen erst noch zu bestimmen wären«; und hinter der Glasfront wurden die Gerätschaften für Analysen und Messungen sichtbar. Eine breit ansteigende Fahrbahn schloss das Wohnquartier ab, und Emile überquerte die stark befahrene Straße, betrat den Park, lief auf den sandig gefrorenen Wegen, zwischen Büschen und Bäumen durch der Klinik zu, getrieben von der Furcht, was ihn in dem riesigen gerasterten Gebäude erwarten würde, in jener Gegenwart, die keine Stütze durch ein Herkommen kannte.

23   Ballnacht

Als er um den Seitenflügel der Klinik gegen den Haupteingang hin einbog, blieb Emile überrascht stehen. Er sah sich unerwartet dem wuchtigen Bau der Alten Universität gegenüber, getrennt durch eine doppelt so breite Straße, wie er sie eben überschritten hatte, mit Fahrbahnen, Tramgeleisen, Bürgersteigen. Flankiert durch zwei Steinfiguren, führten dort die Stufen hinab zum Vorplatz und zu den Eingangstoren im Rundbau unter einer hochstrebenden Kuppel.

Damals waren die Fenster erleuchtet gewesen, hatten mit ihrem Licht in die glasig kalte Dunkelheit gestrahlt, verhießen einen Glanz im Innern, der sich an den Gebäudeflügeln in langen Ketten hinzog, den Schein erleuchteter Fenster auf den abgestellten Wagen gleißen ließ, an denen entlang er Klara zum Ball führte. Und sie betraten die Halle, die sie mit einer Fülle von Licht umfing, in der die Gäste sich drängten, Herren in schwarzen Anzügen, die Damen in Abendroben, schimmernde Schultern, von Pelzstolen umrahmte Dekolletees, die hochfrisierten Haare fielen in welligen Schlangen über Nacken und Hals, ein warmer Duft von Parfum umwehte die Haut, berauschte die Gesellschaft, deren Gemurmel hinauf zur Kuppel stieg und sich mit den Klängen eines Orchesters vermischte, das dort oben in einer der Galerien spielte. Man fühlte sich gestärkt durch das Gefallen an der eigenen Erscheinung, durch Hemdbrust und Fliege, Seide und Collier, spürte die Eleganz, die gemesseneren Bewegungen, zu denen die Körper plötzlich fähig waren, und Emile führte Klara mit einer Gewandtheit durch die Menge, die ihn ganz selbstverständlich ihren Arm nehmen ließ oder sie auch sanft an den Schultern hielt, um sie zwischen Gruppen von Gästen durchzuschieben. Er geleitete sie an der Hand durch Gänge, Galerien, über Stufen und Säle. Sie tanzten, tranken Champagner, Emile in der Laune des Älteren, Erfahreneren, der diesem Mädchen, das seine Tochter hätte sein können, ein unvergessliches Fest bereiten wollte, ein wenig verführt von ihrer jugendlichen Unbeschwertheit und selber berauscht vom Glanz der Ballnacht, die in dem erhellten Gebäude wie eine Arche auf der Dunkelheit trieb.

24   Korkboden

Emile war sich damals, vor zwei Monaten, nicht bewusst geworden, dass gegenüber der vom festlichen Treiben erfüllten Universität die Klinik lag, während des Balls in den geschmückten Sälen auf der anderen Seite der Straße unablässig Kranke, Versehrte, Sterbende zur Notfallstation gebracht wurden, vor der er gestern Nacht dann selber gestanden hatte, während das von einer kleinen Lampe erhellte Innere der Ambulanz ein Block herausgetrennten Lebens in der eisigen Luft war. Und die Kuppel der Universität, angestrahlt von Scheinwerfern, stand als ein aufgehellter Schatten vor dem Nachthimmel, die Pfleger zerrten die Bahre auf ein fahrbares Gestell, schoben sie im Laufschritt einen Flur entlang, verschwanden durch eine automatische Tür, die Lia seinem Blick entzog – und wieder stand Emile an dem Ort, an dem er gestern Nacht gestanden hatte, doch es war jetzt ein grauer, lärmiger Mittag. Er sah hinüber zur

Alten Universität, deren Gemäuer und Kuppel sich steinern in den Himmel wie in eine schiefrige Platte drückten, wandte sich dann ab, öffnete die Tür des Haupteingangs und betrat, was er später für sich den »Vorhof des Todes« nannte.

Ein Dämmerlicht erfüllte die Empfangshalle, in der einzig die Informationsstelle erleuchtet war, ein Büro hinter Glas, in dem am Schalter eine Angestellte ihm den Weg wies, den er gehen müsste, einen langen Flur stets geradeaus. Korkplatten von einem körnigen, vom Bohnerwachs glänzenden Braun belegten den Boden, auf einer Seite durch die Holzrahmen der bodentiefen Fenster begrenzt, die zum Innengarten und einem kahlen, entlanglaufenden Beet gingen. Die Schritte wurden gedämpft, Leute kamen ihm entgegen, die alle diese ernsten, gleichförmig beherrschten Gesichter hatten, und Emile senkte den Blick, um sie nicht zu sehen. Auf dem Korkboden leuchteten Rauten von blassem Sonnenlicht auf, das durch die von Holzrahmen umfassten seitlichen Scheiben fiel, und eine heftige Trauer um etwas Verlorenes drang in Emile hoch, mischte sich mit dem erinnerten Gefühl, das die Materialien Kork, Holz, Glas und der durch Nebel dringende Sonnenschein in ihm weckten: In seiner Jugendzeit, nach den Einschränkungen der Kriegsjahre, hatte dieses Leichte und Helle begonnen, für das die Materialien Kork, Glas und Holz standen, aus denen man neue Häuser, neue Küchen und Bäder baute, mit großen Fenstern zu den Gärten hin, auf Ahorn und Rasen. Damals waren jene Jahre angebrochen, in denen es so viel

Neues, Ungewohntes gab, ein modernes Dasein alles möglich und unbegrenzt erscheinen ließ, und Emile fand in den
Rauten aus Licht, dem Korkboden, den holzumrahmten
Fenstern einen Splitter dieser Stimmung aufbewahrt, die
sich ihm als eine unbeschwerte Zeit eingeprägt hatte, die so
unwiderruflich vorbei war wie die Ballnacht auch.

25   Schlangenpriesterin

Das Orchester spielte, eine Big-Band, deren Klangfülle
den Raum, durchmischt mit Hitze und Düften, bis hoch
zur Kuppel füllte. Emile sah von der Galerie hinab in den
von tanzenden Paaren erfüllten Lichthof, blickte auf die
schwingenden Roben, die glänzenden Schultern, die Haare,
die in den Drehungen über Nacken und Wangen flogen
und strahlende Gesichter preisgaben, geschminkte Lippen, blitzendes Lächeln. Und die Männer umwirbelten und
umwarben ihre Partnerinnen, gestrafft in ihren schwarzen
Anzügen, bedacht, durch Führung und Leichtigkeit zu
gefallen. Emile, der eine Weile zugeschaut und sich in ein
ironisches Amüsiertsein zurückgezogen hatte, als wäre all
die Bewegung nur Auftakt einer endgültigen Sedimenta-
tion zu »Formen mit degenerativen Merkmalen« – wie es
im Jargon hieß –, wandte sich in eben dem Moment um, als
hinter ihm Klara aus der Tiefe eines Seitenganges zu ihm

zurückkam. Sie trat unter dem Rundbogen hindurch auf die Stufen, blieb dort stehen, ohne ein Lächeln, ohne irgendeinen Zug im Gesicht als den einer großen Ruhe. Glockig fiel ihre Robe aus chamoixfarbener Seide zu einem Rund über den Pumps, umschloss aus der eng gegürteten Taille schimmernd ihren Oberkörper, hob die Brüste zu einem schulterfreien Dekolletee, und in ihr hochfrisiertes Haar war eine Kette hineingewunden, als trüge sie eine Schlange auf ihrem Haupt. Die nackten Arme abgespreizt, sah sie ihn an, aus Augen, die schauend aufnahmen, und Emile ging zu der Frau hin, die zuvor noch Klara gewesen war, doch ihm jetzt aus einer anderen Zeit, aus einem Labyrinth palastartiger Gänge entgegentrat. Und er fand sich in einem Garten wieder, in den er bedenkenlos eintrat, während Lärm und Trubel wie eine Brandung zurückblieben: Eine Stille umfing ihn, eine Ruhe, während er Klara umarmte, sie hielt und sich langsam in eine vor- und unbewusste Landschaft aus Berührung verlor.

26   Monitor

Koma als Folge einer intrazerebralen Blutung – so hieß der Zustand, in dem Lia vor ihm zwischen den hochgeschobenen Gittern lag, an Infusion und Sonde. Ein Kathodenstrahl zeichnete eine zuckende Linie auf, die plötzlich abflachte, die Leuchtziffer des Blutdrucks kleiner werden ließ, um wieder trotzig einzusetzen, während Lia reglos, die Augen geschlossen, dalag, ihr Haar wirr auf dem Kissen, und durch den Mund ging der Atem ein und aus. Die Hände auf der gewölbten Decke waren blass und kühl: Schlanke Finger, deren Kuppen weich und verbreitert waren, dass er sie scherzhaft »Geckohände« genannt hatte. Er sah in ihr schmales und blasses Gesicht, leicht zur Seite gewendet, und er konnte sich nicht vorstellen, wo sie sich jetzt befand, in welcher Tiefenschicht des Daseins. Ob sie dort hörte, wenn er ihren Namen rief, ob sie fühlte, wenn er ihre Hand drückte. Der Kathodenstrahl auf dem Monitor über ihrem Kopf schrieb eine Mitteilung von diesem fernen Leben in Zahlen und Ausschlägen. Er verzeichnete einen Sinn, den es dort geben musste, weil die Amplituden, die steigenden und fallenden Zahlenwerte, sich zeitlich fortsetzten. Doch Emile verstand die Schrift nicht, versuchte die ihm unbekannte Zeichenfolge zu entziffern und spürte gleichzeitig die Angst, die zuckende Linie könnte abbrechen, in eine gerade Linie übergehen und in einer Zeichenlosigkeit enden. Ein heftiges Gefühl in ihm rebellierte, Wörter in ihm redeten beschwichtigend von Schwankungen, drängten heraus, um gehört zu werden, doch gezwungen sachlich, um sich den Anschein kühler Abgeklärtheit zu geben: – Nicht wahr, Schwester, die Schwankungen sind bei einem Hirntrauma normal. Sagte »Hirntrauma«, um sich bei der Pflegerin mit dem Begriff als kompetent und somit vertrauenswürdig auszuweisen, und hatte doch längst begriffen, dass der Monitor Lias Ringen zwischen Aufgeben und Überwinden schrieb. Emile müsste ein weiteres Mal tun, »was getan werden muss«, nämlich wegen der lebensverlängernden Maßnahmen mit den Ärzten reden, und während er am Bett noch sitzen blieb, sah er eine Zeit vor sich, in der es Lia nicht mehr geben würde: Die Wohnung an der Trottenstiege, die Arbeit am Institut, die Abende zu Hause oder die Besuche bei seiner Mutter – all dies, was gewesen war, für Jahre selbstverständlich gewesen war – würde ohne sie und ihre Gegenwart sein, eine Lücke in seinem Leben. Als wäre eine Ahnung davon schon in ihm gewesen, hätte dieses baldige Fehlen vorausgespürt, war Klara ihm in der Ballnacht nahe gekommen, ohne dass er sie gesucht oder diese Nähe gewollt hätte. Lia selbst hatte Klara als ihre Vertreterin ausgesucht, und Emile erschrak beim Gedanken, dass er vielleicht unbewusst den Abbruch der Schrift auf dem Monitor wünschte, weil er sich in Klara verliebt hatte, er nach ihrem Tod frei und ungebunden wäre, und Emile trat vom Bett weg, aus Angst, der Gedanke könnte Lia erreichen, der Wunsch sich verwirklichen. Er verließ die Intensivstation, klopfte beim Bereitschaftszimmer an, in dem sich noch immer die beiden Ärzte aufhielten, die ihm bei der Ankunft am Mittag mitgeteilt hatten, die Hirnblutung sei außerordentlich schwer gewesen, da sie lange nicht habe zum Stillstand gebracht werden können. Lia befinde sich im Koma, es ließe sich noch nicht mit Bestimmtheit sagen, ob sie überleben werde, und Emile trat an die beiden Ärzte heran, die ihm den Rücken zukehrten, Männer in weißen Mänteln, die jünger als er selber waren. Er sagte mit einer Stimme, die gepresst, fremd und ihm hassenswert klang: – Lassen Sie sie sterben. Verordnen Sie ihr keine lebensverlängernden Maßnahmen. Ich weiß, dass sie sich das so gewünscht hätte. Die Mäntel drehten sich nicht um, ihre Ärmel bewegten sich über Röntgenaufnahmen weiter, schweigend, verschwammen zu weißen Flecken – und zwei Spuren zogen sich über Emiles Gesicht.

27   Werkhof

Emile hatte nach dem Ball einen zurückhaltenden, nur gerade höflichen Brief an Klara geschrieben, und die Nacht hatte auch mit einer Ernüchterung geendet. Während sie in den frühen Morgen hinaustraten, eng umschlungen zu dem Ort gingen, an dem Emile den Wagen abgestellt hatte – unweit der Universität, um Klara einen nicht allzu langen Weg zumuten zu müssen, auch wenn sie über ihrer Robe einen Pelzmantel mit hohem Kragen trug – fand er den Platz leer, beleuchtet von zwei Scheinwerfern, schimmernde Lichtflecken auf überfrorenem Teer. Emile rief die Polizei an, erfuhr, dass sein Wagen abgeschleppt worden sei, er sein Auto in einem Außenquartier der Stadt auslösen könne, und notierte sich die Adresse. Ein Taxi fuhr sie durch die noch dunklen Straßen, sie saßen im Fond, hielten sich umschlungen. Emile küsste Klara, leichte, streifende Berührungen, und es war ihm gleichgültig, dass der Chauffeur sie im Rückspiegel beobachtete – diesen schon älteren Herrn, der ein Mädchen hielt, das auch wirklich so jung war wie es aussah. Nur jetzt noch würden ihm diese Zärtlichkeiten erlaubt sein, deren Erwiderung kaum mehr als eine Hinnahme war, und ihre Umarmung müsste wie zuvor die Lichterwelt aus Luxus, Rausch und Tanz mit dieser Fahrt enden. Vorortstraßen glitten auf sie zu, wurden zu einer verlassenen Gegend aus Industriegebäuden. Der Fahrer bog in einen umzäunten Werkhof ein, Scheinwerfer flammten auf, fluteten Licht auf Abschleppwagen und Autowracks, beschienen Pneus, die zu einer Wand aufgeschichtet waren, und das Taxi hielt vor hohen Garagentoren. Im ersten Stock des Betonbaus brannte in einem der Fenster ein Neonlicht, Emile und Klara, nachdem sie den Fahrer bezahlt hatten, stiegen in ihren Ballkleidern eine blecherne Wendeltreppe hoch, auf dem die Pumps einen harten Klang schlugen. Es roch nach Öl, stank nach Fett und dem Eisen von Lagerteilen, die in langen Regalen schattenhaft lagen, und sie betraten das Büro, in dem ein Mann in Overall am Pult saß, eine Thermosflasche und eine Tasse neben sich, den kahlen Kopf über ein Kreuzworträtsel gebeugt. Er ließ sich Zeit, hob erst – nachdem er entschieden hatte, das Wort, das er suche, jetzt nicht finden zu können – den Kopf, musterte sie beide, die wartend im Halbdunkel standen, wandte dann sein von Furchen durchzogenes Gesicht ab.

54

– So, sagte er, Sie sind also der Fahrer, der sein Auto in der Ausfahrt der Feuerwehr abstellt.

Und der Mann hob wieder den Kopf, sah Emile an, unverändert und doch so, als sei durch das Mädchen im Pelzmantel sein Vorurteil diesem fehlbaren Fahrer gegenüber weit tiefer bestätigt worden, als er erwartet hatte.

28   Schale

Emile hatte auf dem Rückweg von der Klinik in einem Lebensmittelgeschäft eingekauft, ein wenig wahllos, um rasch damit fertig zu werden und einzig dem Gedanken genüge zu tun, er müsse doch essen, auch wenn er auf nichts wirklich Lust verspürte.

Und wieder kniete er vor dem Kühlschrank, sah in diese von einer kleinen Lampe erleuchtete »nature morte«, nahm eine der Schalen heraus, ein Ratatouille, das Lia vor wenigen Tagen gekocht hatte. Er schaute in das Rund der Porzellanschale, auf den von Auberginenstücken dunkel gefärbten Gemüseeintopf, und die Vorstellung, dass all die Handgriffe – vom Putzen, Anbraten und Umrühren, dem das Einkaufen vorausgegangen war – nie mehr von Lia ausgeführt werden könnten, er vielleicht ein letztes Mal etwas von ihr Gekochtes essen würde, schnürte ihm die Kehle zu, während er gleichzeitig bemerkte, dass er, durch das Berühren der Schale, einen »Abdruck« von Lias Gegenwart bereits gelöscht hatte. Darin empfand er eine Arroganz des Lebendigen, die sonst im Gewohnten versteckt war: Nämlich über alles und jegliches hinwegzugehen, weiter zu wuchern und zu wachsen, sich behaupten zu wollen, gerechtfertigt durch die Zeit, die voranschritt im Stiefeltakt ihrer Sekunden und Minuten. Und zum Würgen kam eine Wut auf diese Anmaßung hinzu, die Emile die Schale mit voller Wucht an die Wand über der Spüle schleudern ließ.

29 Dreiweg

Was aber wäre gewesen, wenn es die gestrige Nacht nicht gegeben hätte? Auch dann würde er hier am Schiefertisch in der Wohnstube sitzen, doch nicht allein und nicht vor diesem Teller mit dem gebratenen Kotelett und einem Stück Brot. Klara wäre hier, Lia würde gekocht haben, sie, die eine ausgezeichnete Köchin war. Der Tisch wäre anders als sonst üblich mit Gläsern, Besteck und Servietten gedeckt, sie hätten – wie stets bei Besuchen - das Alltagsservice seiner Großmama hervorgeholt, das heutzutage mit den bemalten Rändern geradezu festlich wirkte, und Klara wäre zum ersten Mal da, in ihrer Wohnung, gewesen. Sie würden Konversation getrieben haben, Lia hätte sich über die Frechheiten des Mädchens amüsiert, über ihre altklugen

Kommentare zu Kollegen ihres Vaters, zu Premierenfeiern und Filmen. Klara zöge alle Register ihres Witzes, erfüllte genau die Erwartungen, die an sie gestellt waren. Sie ließe ihn, Emile, außer Acht, lehnte sich öfter zu Lia hin, stieße sie freundschaftlich an, während sie erzählte und dazu munter mit Messer und Gabel in Händen fuchtelte. Lia hätte dieses Lächeln, das gutmütig und freundlich war, aus einer Freude an der gut gespielten Rolle käme, die ihr über Teller und Gläser geboten würde. Doch ihre dunklen Augen hätten diesen genauen Blick, den man nicht bestechen konnte, der wusste, viel zu genau wusste, dass nichts stimmte, dass diese Einladung ein Täuschungsmanöver war: Klara wäre hier eingedrungen, in ihre Wohnung, und Emile hätte es arrangiert. Er säße jetzt da, würde sein Unbehagen kaum verbergen können, weil er so sehr in seine Gefühle verstrickt wäre, jeder Satz, jede Handlung ihn in die Gefahr brächte, sich in Widersprüche zu verstricken und dadurch entweder Lia oder Klara zu brüskieren.

Emile schnitt und stocherte an dem Fleisch herum, das zäh war. Für einen Moment fühlte er die Erleichterung, der Trivialität einer üblichen Dreiecksgeschichte entgangen zu sein, ohne sich allerdings Rechenschaft abzulegen, um welchen Preis er die vorgestellte Szene eben jetzt nicht durchleben musste. Auch dachte er nicht daran, auf welch anderen Weg als den der römischen »Tri-Viale« er denn geraten sein könnte – oder noch geraten würde. Fürs Erste war nur geschehen, was er sich gestern niemals hätte ausdenken mögen: Allein vor einem schlecht gebratenen Kotelett am

Schiefertisch zu sitzen, es herunterzuschlingen, weil man weitermachen musste, auch wenn man keine Ahnung hatte, womit.

30   Beschwörung

Zauberin! vom Geschlecht des Minos, die ungerufen aus dem Labyrinth tritt! Was berechtigt Dich, meine Schlangen, die so fest und unverrückbar im Schiefer ruhen, an deren Skeletten ich mein gesammeltes Wissen entfalten kann, aus der Nacht des Steins zu lösen, die Knochen mit Fleisch neu einzuhüllen und den Viechern ihr Gift zurückzugeben, das mich lähmt und blöd macht, unwissend wie ein Tor, der mit großen Wörtern Dich bezwingen möchte: Mein ganzes Dasein mache ich zu einem Hohngelächter über mich selbst, der an Wissenschaft und Fakten glaubte, in Fachzeitschriften über richtige und falsche Theorien gestritten und darin sogar einen Sinn gesehen hat: Nämlich den Ursprung der Schlangen aus tetrapoden Echsen zu beweisen – und bin durch Dich in einen Glauben an Magie versetzt, möchte durch Anrufung und Formeln eine Gegenwart beschwören, in der Du mir gehörst, Dich nicht weg- und jemand anderem zuwendest oder gar wieder zurück in die labyrinthischen Gänge kehrst. Und ich rufe Dich an, Zauberin, bleib! entrinne mir nicht! Obschon ein Zusammenkommen – ich weiß – unmöglich sein wird und angesichts des Altersunterschieds, der Tatsache auch, dass ich seit

*Jahren mit Lia zusammenlebe, vollkommen ausgeschlossen ist.
Dennoch, Klara, dennoch – –*

In den vergangenen Wochen hatte Emile täglich solche Briefe an Klara geschrieben, einige davon abgeschickt, die übrigen in eine Schachtel unter seinen Schreibtisch geschoben. Die euphorische Stimmung nach der Ballnacht, die noch ganz aus dem Erlebten, seiner Einmaligkeit sich nährte, nahm ab. Die Sehnsucht nach einem neuen, anderen Leben, das ihn gestreift hatte, trübte seinen Tag, beschwerte die Stunden, gab ihm das Gefühl, abzusinken, wie die abgestorbenen Pflanzen, die toten Tiere zum Grund der Flachseen gesunken sind und dort, vom Sauerstoff abgeschnitten, zu versteinern begannen. Einzig während der Momente, in denen er mit seiner nicht sehr leserlichen, flüchtigen Handschrift die Bogen füllte, glaubte er, das Sinken aufhalten zu können. Seine Wörter, ihre Magie, beschworen nicht nur Klara, sie beschworen ihn selbst: Für die Zeit, in der er schrieb, glaubte er an eine Zukunft, die wie die Ballnacht sein müsste, ein Fest mit Klara.

31   Winterfliege

Eine Fliege summte im Zimmer, zog bohrende Linien in das Lampenlicht, brach ab, verstummte, um als Stille nur deutlicher anwesend zu sein.

Emile setzte sich – nachdem er den Teller und das Glas ausgespült hatte – in den Fauteuil beim Fenster, in seinen Lesestuhl. Vor den nachtschwarzen Scheiben lag auf dem Sims unverändert die Bananenschale, doch das Buch hatte er mit dem Titelblatt nach unten zurückgelegt, nachdem er am Morgen nachgeschlagen hatte, an welcher Stelle Lia ihre Lektüre beendet haben musste. Doch dafür war das Bild mit dem Wagen, dessen Tür offen stand, jetzt in seinem Kopf, der Titel zu einer hartnäckig sich wiederholenden Prophezeiung geworden, die immer deutlicher vom englischen Original übertönt wurde: »The long Good-bye«, und die Fliege bohrte ihren Summ- und Schwirrlaut in die Wohnstube, fräste an der Scheibe zur Küche, ließ dieses plötzliche Verstummen hören, »The long Good-bye«, um wieder und mit einem neuen Brummen die Stille aufzusägen – thö looong guud-bai, thö looong guud-bai –, und Emile holte die Zeitung, rollte sie ein, spähte nach dieser fetten, trägen Winterfliege, schlug nach ihr, bis sie auf dem Sims lag, eine gelbliche Flüssigkeit aus ihrem Körper floss, die Flügel asymmetrisch vom Leib abstanden und die Beine sich langsam bewegten, als suchten sie noch Halt.

II. WOCHE

32   Gang 1

Der Spaziergang durch jenes Quartier vergangener Vor-
nehmheit war ihm auf dem Weg zur Klinik zu einem Be-
dürfnis geworden. Noch immer war es kalt, die Luft trocken, der Himmel eisig grau. Emile atmete tief ein. Er
genoss die Kühle, die in die Lungen drang und als ein Nebel vom Gesicht zog, und die Empfindungen, die von den
Fenstern, Giebeln, einem Gartenpavillon geweckt wurden,
versetzten Emile in die Zeit der Belle Epoque, während der
die Verhältnisse klarer, auch selbstverständlicher gewesen
sein mussten, wie er glaubte, und seine Schritte verlang-
samten sich. Sie wurden gemessen. Er spürte eine Haltung
in seinen Körper dringen, die gestrafft und aufrecht war,
ohne dabei steif zu sein, und Emile dachte, dass die »Ähnlichkeit« nicht nur eine Erkenntniskategorie der klassischen
wie auch der modernen Morphologie sei, über die er in den
letzten Wochen geschrieben hatte. Er würde sie jetzt auch
erfahren. Sie hatte ihn am Morgen, nach Lias Einlieferung
in die Klinik, schon einmal gestreift, als ihm das Empfinden, jemand in schwarzem Anzug und Mantel zu sein, eine
ihm unbekannte Bedeutung verliehen hatte. Jetzt war es

jener Herr im diplomatischen Dienst, sein Großpapa, der in den Schritten spürbar wurde, von dem er wusste, dass er jeden Tag nach den Bürostunden über die Boulevards flaniert war und ihm, seinem Enkel, nun einen beherrschten Gang aufnötigte, der auch Sicherheit verlieh: Man hatte Herkommen, stammte aus soliden Verhältnissen. Und der Hintergrund von Emiles Schritten ordnete sich zu klassizistisch-kolonialen Fassaden, die hell in die Straße leuchteten, auf der die Trambahn zwischen Palmen fuhr, wenige Passanten ihren Geschäften nachgingen, die Händler ihre Waren auf Schubkarren vor sich herschoben – eine durch Mutters Erzählungen kolorierte Szenerie. Emile durchströmte ein euphorisches Gefühl: Er könnte überall, in allen Zeiten sein, wäre nicht mehr gebunden an die Gegenwart dieser Stadt, an die kalten, grauen Tage, an den Geruch nach Medikamenten und an diese trockene Wärme der Klinik. Ihm stünden unbekannte noch zu entdeckende Lebenswelten offen, die allerdings alle vergangen waren und im Lärm der Verkehrsader zerschlissen, welche die ruhige Straße der Gärten und Villen vom Park der Klink trennte. Zwar bemühte er sich, auf dem Spazierweg zwischen den Bäumen, unter dem alten Klinikum vorbei, einem zweiflügeligen Bau mit hohen Bogenfenstern, noch etwas von der Leichtigkeit und euphorischen Gewissheit zu behalten. Doch Großpapa hatte sich aus seinen Schritten zurückgezogen. Sie wurden rascher, auch steifbeiniger vor einer Kulisse, die aus Kuben moderner Spitalgebäude bestand, durchstanzt von Fensterreihen, hinter deren einem Rechteck Lia liegen würde.

33   Hand

Sie war von der Intensivstation in ein Zimmer im fünften
Stock, der Neurologie, verlegt worden. Reglos lag sie im
Weiß der Decke und des Kissens, die Augen geschlossen,
den Mund offen. Die Gitter seitlich am Bett waren hochgezogen, die Infusion tropfte, eine Sonde war durch die Nase
eingeführt, schwer und stoßweise ging ihr Atem, war wie
ein Wüstenwind, der aus einer Unterwelt heraufwehte.

– Koma, ohne Kommunikation, schwache Reflexe, sagte
der Neurologe, den zu sprechen Emile verlangt hatte. Eine
Operation sei wegen der Lage der Blutung nicht möglich
gewesen, weitere Maßnahmen, wie er sie den Notärzten
gegenüber geäußert hätte, ebenfalls nicht. Doch mit jedem
Tag, an dem die Bewusstlosigkeit fortdauere, nähme die
Wahrscheinlichkeit ab, dass die Patientin wieder erwache.
Nach fünf Tagen –: Ein Schulterzucken, der Arzt wendet
sich ab, es gibt jetzt dringendere Fälle, hier ließe sich nur
warten.

Emile bleibt zurück, steht da in der Mitte des Zimmers
zwischen den Betten noch anderer Patienten, neben der
Tür sind die Lavabos und Schränke angebracht, den Boden
belegen Platten von Kork, vor dem Fenster wölbt sich die
Kuppel der Universität aus den Dächern der Stadt, ein Hügelzug zieht einen Horizont zwischen zwei Grauschichten.
Die Luft ist dumpf, eine Lampe über der Tür leuchtet auf,
die Pflegerin tritt ein, sie kontrolliert die Infusion, fühlt den

Puls, misst den Blutdruck: Verrichtungen, die so selbstverständlich und eingeschliffen sind, dass sie den reglos daliegenden Körper zu einem Gegenstand von Schläuchen, Sonden und Messgeräten machen.

Emile schob das Gitter an Lias Bett nach unten, holte einen Hocker bei den Lavabos, setzte sich, den Rücken zum Zimmer, zu ihr hin. Er nahm die Hand von der Decke, die dalag, ohne Kraft und Spannung, jedoch warm und trocken. Er bewegte die Finger, Lias schlanke, in weichen Kuppen endende Finger. Die Haut war von einem schattigen Dunkel, das stets mit der Blässe ihres Gesichts in Kontrast gestanden hatte, und die Nester an den Gelenken durchzogen tiefe, jetzt fast schwärzliche Furchen. Die Nägel waren gleichmäßig geformt und fest über den Kuppen eingebettet, ihr Rand zu Sicheln gefeilt, die ihre hell hineinwölbenden Halbmonde am Nagelrand wiederholten. Emile hob einzelne Finger hoch, und sie schnellten in die Bewegungslosigkeit zurück, machten ihm die Sehnen bewusst, die jetzt, ohne Körpertonus, abgekoppelt von Muskelbewegungen ihre eigene Spannung zur Geltung brachten: Eine Krümmung, die Bereitschaft zum Greifen signalisierte, ohne dass die Ausführung noch möglich gewesen wäre.

Und Emile schwieg und redete, redete mit dem Gesicht, das einzig noch ein Atmen aus offenem Mund war. Die Bewusstlosigkeit hatte Züge zurückgelassen, die jetzt kindlich und weit entfernt von Willen und Absichten waren, von einer Aufmerksamkeit auch, die sonst stets um ihre Augen lag. Blasse Lider deckten die Augäpfel, ihre Wimpern zo-

gen einen Schirm vor die eingefallenen Ränder. Und ihre
Brauen bekamen eine Dominanz, weil sie mit den struppig,
jedoch feinen Haaren die Hilflosigkeit noch betonten, das
wehrlose Hingegebensein, und Lia sah wie das Mädchen
aus, das sie einstmals gewesen war, als er sie kennenlernte.

34   Tunesie (Tag 1)

In der Stadt hatte es damals noch zwei, drei Cafés gegeben,
die als ein koloniales Überbleibsel in »orientalischer« Art
eingerichtet und in Sitznischen unterteilt waren, in denen
man geschützt auf teppichbezogenen Bänken um Messing-
tische saß, es Kaffee aus langstieligen Pfännchen zu trinken
gab, dazu wurde Lukum – ein Würfel aus Früchteschleh –
und ein Glas Wasser serviert. Das Licht fiel dämmrig durch
Arabesken, bläulich getrübt vom Zigarettenrauch, und diese
Cafés hießen Maroc, Turc oder eben Tunesie, in welchem
sich Emile gerne aufhielt, um Freunde zu treffen oder um
zu lesen: In der von ihm bevorzugten Sitznische fühlte er
sich in einem angenehm geborgenen Versteck, aus dem
sich beobachten ließ, ohne dabei entdeckt zu werden. Man
konnte sowohl durch die Gitter in den Dämmer einer be-
nachbarten Nische spähen als auch durch eine Öffnung im
Vorhang auf die Straße und den Gehsteig sehen. Oftmals
»versaß« Emile nur einfach die Stunden vor dem gleichen

Schluck überzuckerten Kaffees. Kaum jemand wagte, sich dazuzusetzen, da die Nischen eine Nähe, ja Intimität herstellten, die hemmend auf neu eintretende Gäste wirkte, und es war für Emile umso verblüffender, als an einem frühen Nachmittag eine junge Frau, ohne zu fragen, ihm gegenüber auf der Sitzbank Platz nahm, die Nische mit ihrer Gegenwart so fühlbar ausfüllte, als wäre er, Emile, der Eindringling und nicht sie. Die Befangenheit zog eine opake Schicht zwischen Augen und Buchseite, die er eben las, ließ auch den Blick durch Gitter und Vorhangspalte stumpf werden, und Emile fühlte sich beengt, als Lia ihn ansprach. Sie fragte nach seiner Lektüre, nach bevorzugten Filmen und der Musik, die er gerne hörte, begann Emile zu prüfen, der – ein wenig ärgerlich über sich selbst – beflissen seine Kenntnisse vorwies, als wäre er Student, und erst als sie ihren Namen nannte, Lia, erleichtert ein sicheres Terrain gewann: – Dann müssen auch Sie einen spazierstockbewehrten Vorfahren haben, der durch die Basare und über den Corso flaniert ist? Die Verblüffung der jungen Frau auf seine Frage tat ihm sichtlich wohl, machte deutlich, dass nun er in der Rolle des Prüfenden und Wissenden war, konnte er doch im Gestus selbstverständlicher Kenntnis erklären, dass Lia eine französische Verkürzung von Elisabeth sei. Er kenne den Namen seit frühester Kindheit, von einer Freundin seiner Großmama her: Diese Kurzform sei im Orient auch als Taufname verbreitet, und so dürfe er annehmen, auch in ihrer Familie gäbe es Verbindungen nach dem Osten hin. Emile nutzte die Gelegenheit, auch seine eigene Namensgeschichte zu erzählen: Von dem E als kleinstem Nenner und Erbe seiner Mutter, das ihn – wie er ironisch anmerkte – um ein Gefühl örtlicher Zugehörigkeit gebracht habe, so dass er in der Paläontologie und in der Vergangenheit versteinerter Formen noch immer nach dem Ursprungsort seiner Art suche.

35   Buchstabe N

Auch ihr Name sei in einem gewissen Sinn ein »kleinster Nenner«, doch habe sie, im Gegensatz zu ihm, nicht einen Buchstaben zugefügt erhalten, sie selbst habe aus ihrem Taufnamen einen gestrichen, nämlich ein N. Sie habe nie verstehen können, weshalb sich ihre Eltern für so einen altertümlichen Namen wie Lina entschieden hätten, der für sie nach Gemüsegarten und Waschküche klinge.

Ihre Eltern waren Musiker gewesen, hatten im Görlitzer Orchester bis gegen Ende des Zweiten Weltkriegs gespielt. Nach der Flucht und Rückkehr in die Schweiz arbeitete Lias Mutter noch aushilfsweise an der Musikakademie, ihr Vater fand als Korrektor bei einer Zeitung ein schmales Auskommen. Lia, die kurz danach geboren wurde, hatte schon in der Volksschule das N aus ihrem Vornamen gestrichen. Niemand kannte und nannte sie anders als Lia, und selbst die Eltern gewöhnten sich an die verkürzte Form, schon weil es ihrer Überzeugung entsprach, es sei Vorrecht jedes Kindes, seinen Namen, die Zugehörigkeit zu einer Kirche oder den Beruf, den es einmal ausüben wolle, selbst zu bestimmen. In diesem letzten Punkt wich Lias Mutter allerdings von ihren Vorsätzen ab. Sie war erkrankt, als ihre Tochter ins Gymnasium übergetreten war, starb kurz darauf an einem Lungenleiden, doch noch im Spital ließ sie die Vorlesungsverzeichnisse verschiedener Universitäten kommen. Ihre Tochter müsste später studieren – weil dies ein »Akt der Emanzipation« sei –, sie durch einen Hochschulabschluss aber auch vor dem Schicksal bewahrt werden sollte, jemals vor einem »Nichts« zu stehen, wie sie und ihr Mann am Ende des Krieges gestanden hatten. Lia erfüllte ihr diesen letzten Wunsch, wenn sie auch nicht das Fach wählte, das ihre Mutter – eine leidenschaftliche Leserin – für sie ausgesucht hatte. Nach nur einem Semester Germanistik wechselte Lia zur Ethnologie, einer Studienrichtung, die damals in Mode kam. Sie wollte sich mit Menschen, ihren Kulturen und sozialen Verhältnissen beschäftigen, kennenlernen, was es an anderen gesellschaftlichen Formen gab, gerechteren als den bestehenden. Sie interessierte sich nicht so sehr für die Herkunft als für die Utopie, jenen Ort, an dem in dieser vollständig entdeckten Welt noch niemand gewesen ist, und sie wollte erfahren, welche Wege es dorthin geben könne. Auch wenn sie in kargen Verhältnissen aufgewachsen war, diese sich nach dem Tod ihrer Mutter noch verschärft hatten, da ihr Vater die Stelle als Korrektor aufgab, um sein Auskommen wieder als Musiker zu finden, wurden neue Schallplattenaufnahmen gekauft, besuchte man Konzerte und das Theater. Lia kannte die Opern, das Ballett, sie hörte Chansons, ging mit ihrem Vater ins Kabarett. Sie las, was die Mutter geliebt und ihr empfohlen hatte und was der Vater als unabdingbare Lektüre hielt, wollte man sich die richtige Sicht gesellschaftlicher Zusammenhänge aneignen. All die Texte, Lieder, Bücher verwiesen auf eine Zukunft, die besser als die bestehenden Verhältnisse sein müsste. Und Lia war stolz auf ihr fallen gelassenes N. Es machte ihren Namen unverwechselbar, einzigartig und brachte sie nun mit einem junge Mann zusammen, der nicht weniger stolz auf das Schluss-E in seinem Namen war.

36   Gang 2

Eine tintige Bläue floss in die Fenster, als Emile sich erhob, den Hocker zur Seite stellte und das Zimmer verließ. Er betrat den Flur, der neonbeleuchtet in die Tiefe führte, und mit einer Bewegung, die schwerfällig, fast plump war, wandte er sich zur Treppe. Er mochte den Aufzug nicht benutzen, und doch sackte sein Körper von Stufe zu Stufe, als hätte er Gewicht angesetzt, wäre füllig geworden und von einer »Postur«, die ihn zwang, die Beine breiter aufzusetzen. Langsam, als wäre er nur noch zu bedächtigen Bewegungen fähig, schob er die Haupttür auf, trat ins Freie, blieb einen Augenblick stehen. Er sah auf die Kolonne von Autos, deren Lichter in die wachsende Dämmerung stachen. Eine Trambahn brachte ihre leuchtenden Fenster zum Stillstand, sie beschienen ein Gedränge, das zu den Türen hinaus sich in Gestalten auflöste, die wendig ihren Weg zwischen den Autos suchten. Emile spürte die Kälte, die in seine Kleider drang, blickte verächtlich auf dieses Gehetze von Leuten, die nach der Redewendung seines anderen Großvaters, des Holzhändlers, hätten glücklich sein sollen, »nicht das erlebt zu haben, was ich erleben musste«. Als Bauernsohn aus dem Südbadischen hatte er im Ersten Weltkrieg gedient, war danach in die Schweiz ausgewandert, weil er nichts mehr mit Deutschland zu tun haben wollte. Er hasste die Politiker und mehr noch die Diplomaten, die seiner Meinung nach für die »vierjährige Abschlachterei« verantwortlich gewesen waren. Wie dieser vierschrötige Mann, wenn er sich in seiner Körperfülle bewegte, schob Emile das Gewicht erst auf den einen, dann auf den andern, breit aufgesetzten Fuß, ruderte leicht wankend mit den Armen, als müsse er Packen von Luft hinter sich schieben. Dieser Großvater hatte es zu einem bescheidenen Wohlstand gebracht, und er war zutiefst überzeugt gewesen, er könne seit Verdun alles durchstehen, weil er als Einziger einer Abteilung überlebt hatte, ihm die Rückkehr von der feindlichen Frontlinie gelungen war, was in den eigenen Stellungen als Wunder gegolten hatte. Etwas von diesem Glauben, auch von der Kraft seines längst verstorbenen Großvaters, floss jetzt Emile zu, machte, dass er langsam und schwerfällig sich bewegte, als hätte er dessen Alter und Gestalt angenommen. Durch den eindunkelnden Park gelangte Emile zum Quartier mit den Villen, blickte schmaläugig, wie sein Großvater jeweils die Lider eingekniffen hatte, zu den herrschaftlichen Häusern hin, die Leuten gehört hatten, die wie diese Diplomaten und hohe Beamte gewesen waren, verwöhnt und selber zu schwach für das, was sie anständigen Leuten zumuteten. Doch auch diese Kraft schwand, wurde weggezerrt vom Wind, vom Lärm der ununterbrochenen Pendlerkolonnen auf der Hauptstraße, und Emile gelangte zur Trottenstiege, schmal und durchfroren, zögerte noch ein wenig im Vorraum – das Büro des Tuchhandels war bereits dunkel –, bevor er in den Flur mit der schweren Holztür trat.

37 Punkte

In der zugestellten Post fand Emile einen Brief von Klara:

Blödsinniger hätte es nicht gehen können. Um eine Armlänge war meine Mutter schneller am Telephon. Ich hab doch gewusst, dass Du es bist – weil ich so was eben weiß. Und nun musste ich danebenstehen, durfte meine Ungeduld nicht verraten. Dafür konnte ich zusehen, wie neugierig Mutter wurde, wie sie Deine Worte einsog wie eine Droge, süchtig auf die Neuigkeit. Und ich stand daneben, begriff, dass etwas passiert sein musste, das Dich und Lia betraf. Dann Deine wenigen Worte, stockend und kalt, das abrupte Ende des Gesprächs, das mich so allein ließ ...

Ich habe am Nachmittag während einer Freistunde versucht, Dich anzurufen. Du warst wohl im Spital, und jetzt ist Nacht, ich sitze in meinem Zimmer, vor der schwarzen Scheibe des Fensters, und weiß nicht, wie es Lia geht, wie es Dir geht ...

Wäre ich doch die Schlangengöttin, die Zauberin, wie Du mich – spöttisch? manchmal klingt es, als meintest Du es wirklich – in Deinen Briefen nennst. Hätte ich es verhindert?

... Ich liebe ja Lia auch, und ich wünschte mir, ich könnte sie gesund machen, ein Wunder vollbringen, das auch Dich mir wieder zurückgibt. Denn jetzt brauchst Du die ganze Kraft für sie, und ich fühle mich ganz ungöttlich ohnmächtig, hocke da und kann Dich nicht einmal sprechen, um zu erfahren, wie es Dir geht ...

38   Spuren

Gestern Nacht, als Emile sich entschlossen hatte, zu Bett zu gehen, er auch nicht weiter hinausschieben konnte, die Tür zum gemeinsamen Schlafzimmer zu öffnen, war er eine Weile auf der Schwelle stehen geblieben. Das Licht war aufgeflammt, hatte einen Raum aus der Vergangenheit in die Gegenwart geholt, unverändert wie er ihn in der Nacht zuvor mit den Sanitätern verlassen hatte, um halb drei Uhr früh.

Und doch war es nicht die Erinnerung, die ihn verharren ließ, nicht jener Augenblick in der Nacht, als er sich über Lia gebeugt hatte, um ihre lallend verwaschenen Laute zu verstehen, Emile in einer jähen Hoffnung geglaubt hatte, sie sei nur betrunken, wie sie es ein paar Wochen zuvor, während eines Festes mit Kollegen, gewesen war. Er hatte sie damals in einem Zustand angetroffen, den er nicht an ihr kannte, so sturzbetrunken war sie gewesen: – Geh heim, Emile, hatte sie gelallt, geh schlafen, ich brauche dich nicht, nicht mehr, ich bleibe noch, nicht mehr lange –. Gestern Nacht hatte er weniger befürchtet als gehofft, sie wäre wie bei dem Fest »nur« betrunken. Doch die plötzliche Gewissheit, Lia müsse eine Art Zusammenbruch erlitten haben, ließ die kurze Erleichterung zu eisiger Kälte werden. Emile wurde klar, beherrscht, sein Wahrnehmen verengte sich auf die Handgriffe, die es auszuführen galt, und die er nun tat, langsam und überlegt: Notrufnummer nachschlagen, Hörer abheben, Zahlen wählen. Einer Frauenstimme erklärte er mit ruhiger Dringlichkeit die Symptome, beantwortete Fragen, diktierte die Adresse, legte den Hörer zurück. Dann zerbrach sein Gefasstsein an der einsetzenden Stille: Emile war kaum noch fähig gewesen, sich ordentlich zu kleiden, in eine Tasche die paar Dinge für Lia zu packen. Das Warten, bis die Ambulanz vorfuhr, die beiden Sanitäter mit der Bahre hereinkamen, Nachtluft mit sich brachten, versetzte ihn in grelle Unruhe, die ihn von einem Zimmer ins andere hasten ließ, immer wieder zurück zu Lia.

Doch das war es jetzt nicht, was ihn auf der Schwelle

festhielt. Jener Augenblick einer aufkeimenden Hoffnung, Lia möchte nicht ernsthaft erkrankt sein, lag weit zurück, in einer bereits sich versiegelnden Schicht des Bewusstseins. Im Licht des Schlafzimmers jedoch waren die Spuren noch vorhanden und unberührt, wie sie im Rücken der Sanitäter und seiner hinterhereilenden Schritte zurückgeblieben waren. Das Bett und die zur Hälfte auf den Boden gezerrte Federdecke, darin eingedrückt, der Umriss von Lias Körper. Und Emile sah darauf, als wäre sein Blick eine kurze Einstellung in einem Kriminalfilm, er selbst in der ihm unbekannten Handlung eine Figur, die durch das zufällige Öffnen der Tür den Ort eines Verbrechens entdeckt hat.

39   Bodhisattva

Emile kehrte in die Wohnstube zurück, ohne das Schlafzimmer betreten zu haben. Er hatte an das gelbschwarze Taschenbuch denken müssen, an Chandlers Kriminalroman. Was würde auf den nächsten Seiten stehen, die Lia noch nicht gelesen hatte? Fände er dort nicht einen Hinweis, was die Zukunft bringen würde, eine Art Orakel über Lias Zustand?

Emile setzte sich in den Lehnstuhl, in eine Verdoppelung seines Umrisses auf den nachtschwarzen Scheiben. Er hatte das Buch am Morgen mit der Rückseite nach oben zurück-

gelegt, wollte den Umschlag mit diesem Titel nicht mehr
sehen, das tropfende, versickernde Blut, und als er vom
Ende her den Band aufschlug, um dort weiterzulesen, wo
Lia stehen geblieben war, blieb sein Blick auf der Postkarte
haften, die Lia als Lesezeichen benutzt hatte. Er betrachtete das Photo, und ein Rütteln durchlief seinen Körper, das
zugleich ein Staunen und ein Erschrecken ineinander warf,
und Emile für einen Moment fassungslos machte. Weshalb
hatte er die Abbildung nicht schon am Morgen bemerkt?
Und wusste im selben Atemzug, dass er ohne den Besuch
heute in der Klinik die Photographie nicht verstanden hätte:
Dieses zur Gänze beruhigte Gesicht, von großer Eben-
mäßigkeit, die Augen geschlossen unter langen Lidern, ein
roter Punkt über der Nasenwurzel, das Haar hochfrisiert
zu einem goldenen Knoten. *Marmorkopf eines Bodhisattvas,*
Tano Dynastie. Und das abgebildete Antlitz strahlte eine
weiße Ausdruckslosigkeit aus, die zurückblieb, wenn sich
das Leben an die innerste Grenze zurückzog, abgelöst war
von der Außenwelt, von Beziehungen frei sich in einem
wortlosen Raum aufhielt, den Emile sich nur als ein Dunkel
vorstellen konnte.

40 Verbrechen (2. Tag)

Das Bild des Marmorkopfes kam Emile wieder in den Sinn, als er am nächsten Morgen das Zimmer der Klinik betrat, Lia im Bett liegen sah, blass und reglos. Die Hoffnung, sie sei in der Nacht aus dem Koma erwacht, verflog. Ihr Gesicht, ebenso ausdruckslos wie das des Bodhisattvas, hatte jedoch nichts Beruhigendes, erlöste ihn nicht von einer wachsenden Angst – auch um sich selbst.

Hätte ich es verhindert?

Die Frage in Klaras Brief war ihm eingefallen, als er wach im Bett gelegen hatte, zur Decke sah, wo ein Strahl Licht von der Straßenleuchte eine sich öffnende Bahn rötlichen Scheins warf. Er erschrak über die Bedeutung, die möglicherweise in diesen Wörtern steckte, nämlich, dass Klara Lias Erkrankung nicht verhindert hätte, selbst wenn sie dazu fähig gewesen wäre. Denn durch Lias Tod gäbe es dieses Ithaka einer langjährigen Verbindung nicht mehr, das Emile von ihr wegzöge. Und verbarg sich in den Punkten, die jedem Satz Klaras am Ende etwas Unausgesprochenes anzufügen schienen, nicht die Hoffnung, er könnte dann ohne Heimlichkeit die Insel betreten, von der er ihr so schwärmerisch geschrieben hatte, diesen Garten, der erfüllt sei *von Paaren, die das Vorspiel der Lust genießen, sich in ihrer Nacktheit erkennen, berühren, bereit schon, die Grenzen zwischen den Körpern fallen zu lassen, sich hinzugeben, an einen Rausch im andern, im noch nie Berührten, nie Vermischten: Die-*

sen Bruch der Gebote zu wagen, in die alle Lust mündet – doch wollte er das, um den Preis von Lias Leben? Und hatte er diesen Bruch nicht selbst herbeigeführt, das »Ver-brechen« von Lia erzwungen, weil er sich bereits abgewendet hatte? Es gab doch die Nacht vor der Nacht, nur zwei Dutzend Stunden vor Lias Zusammenbruch, in der er Klara zu Hause besucht hatte, während ihre Eltern verreist waren.

Und Emile, auf seinem Gang zur Klinik am Morgen, fand in der Straße mit den Villen nicht mehr zu dem gemessenen Gang seines Großpapas, fand auch die Beruhigung und das Aufgehobensein in dem mütterlicherseits herrschaftlichen Herkommen nicht wieder. Dafür war ihm der schmale Blick von gestern Abend geblieben, die schweren Schritte des anderen Großvaters, des Holzhändlers. Der hatte auf den Schlachtfeldern das Töten gesehen, und er hatte selbst getötet. Hatte es getan, weil er überleben wollte. Doch er war davon schweigend, schwer und unzugänglich geworden. Er konnte sich das Töten nicht verzeihen, und Emile spürte diesen Großvater in seinen Schritten, weil auch er sich schuldig fühlte – fürchtete, schuld am Tod von Lia zu werden. Ähnlich schwer und bitter zu werden. Und wenn Emile sich schüttelte und versuchte, freier auszuschreiten, sich von solchen Gedanken und Befürchtungen zu lösen, so kam nach wenigen Schritten die Schwerfälligkeit in seine Glieder zurück, ging er wie der Holzhändler gegangen war, schob das Gewicht auf den einen Fuß, setzte den anderen breit auf, ruderte mit den Armen, als müsste er beständig etwas hinter sich lassen und fortschieben.

41   Gitter

Die Pflegerin lagerte Lia leicht zur Seite, die eine Hälfte des Gesichts war nun in das Kissen gedrückt, und auf der Wange lag ein leichter Schimmer vom Fenster her, der einen metallischen, jedoch matten Glanz auf ihre schattige Haut legte. Emile, während er sich wieder neben das Bett setzte, ans Gitter lehnte, das hochgezogen worden war, dachte, wie wehrlos Lia jetzt sei, sie, die so schlagfertig mit den Worten gewesen war, den Ruf einer »Zynikerin« hatte: – Nimm dich in Acht, die ist wie ein Seziermesser, hatte ihn ein Bekannter gewarnt, als er sie kennen lernte, und er hatte an die Prüfung im Café Tunesie denken müssen, wie sie ihn zu Literatur, Theater, Inszenierungen befragte und wissen wollte, ob er eine eigene Sicht und kritische Haltung hätte. Nichts hasste Lia so sehr wie Gerede, und Emile hatte später ihr unbestechliches Urteil lieben gelernt: Von nichts und niemandem ließ sie sich blenden. Mit einem Gespür, das ihm selbst fehlte, erkannte sie fehlenden Takt und falsche Töne – Ich bin schließlich mit Musikern aufgewachsen –, empfand jedoch auch eine Achtung, die an Verehrung grenzte, für jemanden, der »echt« war, Mut besaß, sich nicht beirren ließ, für einen Hilflosen eintrat.

Und hilflos war sie jetzt selbst. Lag da, hatte keine Möglichkeit, sich zu wehren, konnte noch nicht einmal erwachen, um sich seinem beobachtenden Blick zu entziehen, der auf ihr ruhte, hinter dem die Gedanken in seinem Kopf waren, die er auf dem Weg hierher, durch das Quartier der Villen, gedacht hatte: Dass auch er schuldig werden könnte, wie sein Großvater, der Holzhändler, es geworden war, er Lias Tod nicht nur verschulden würde, sondern ihn vielleicht sogar wollte, um zu überleben, um mit Klara zu leben – und Emile war froh um das Gitter am Bett, das hochgezogen war und wenigstens auf die Art eine Schranke setzte, die Lia vor ihm und seinen Gedanken schützte: Vor dem Täter, der sich über sein Opfer beugt und eine Trauer heuchelt, die Lia mit einer ihrer »zynischen Bemerkungen« bestimmt entlarvt hätte.

42   Zeugin

– Bei der Demonstration griffen die Behörden zu so drastischen Mitteln der Gewalt, wie ich sie nur aus den Erzählungen meiner Eltern kannte, vielleicht noch aus Büchern und Filmen, eine Gewalt wie in den Dreißigerjahren in Deutschland, die ich hier in diesem so geordneten Alltag nicht für möglich gehalten hätte. Der zweite, nicht geringere Schock war, als ich in den Zeitungen nichts von den tatsächlichen Ursachen fand, die den Ausbruch der Krawalle erst bewirkt hatten.

Lia hatte nicht oft erzählt, was sie zur Überzeugung gebracht hatte, sie müsse nicht irgendwelche fernen Völker

studieren, sondern einen eigenen Weg finden, das festzuhalten, wovon sie selbst Zeugin sei.

Und Emile, am Klinikbett, schwieg und redete mit dem
Gesicht, erzählte Lia ihre eigene Geschichte, in ihren Wor-
ten, um sie dort, in der Wortlosigkeit, zu erreichen, ein
Echo zu sein, das sie zurück in die Wörter bringen sollte:
Hör, Lia, so hast du jeweils erzählt!

– Es war an einem Samstag, am späten Nachmittag, gewesen. Ich wohnte damals in der Venedigstraße. Seit Tagen
war sommerliches Wetter. Heiß, die Fenster standen auf.
In meinem Mansardenzimmer konnte ich es kaum aushal-
ten. Zwischen Brücke und Bahnhofsplatz, wohin ich mich
begeben hatte, weil ich von einer Demonstration der Stu-
denten gehört hatte, fand ich mich in einer Masse von Menschen wieder, die es wohl ebenso wie mich hierher gezogen
hatte. Obschon ich Ansammlungen von Menschen hasse,
sie mich ängstigen, blieb ich nahe bei einem Auto stehen,
aus dem die Organisatoren mit Lautsprechern die Menge
zu dirigieren versuchten. Die Demonstranten – Jugendliche
in meinem Alter – saßen auf den Geleisen der Trambahn,
blockierten den Verkehr vor dem Gebäude, einem zum
Abbruch bestimmten Kaufhaus, das sie als Jugendtreff nut-
zen wollten. Man wird nicht mehr rekonstruieren können,
was und aus welchen Motiven geschah, für mich ist das
auch unwichtig, ich habe nur einfach gesehen, mit meinen
beiden Augen gesehen, dass dieses »Sit-in«, wie die Art
der Demonstration genannt wurde, von den Organisatoren
aufgelöst wurde, die Demonstranten im Begriff waren, die

Tramgeleise freizugeben, um genau das zu erfüllen, was der Einsatzleiter der Polizei vom Balkon des nahen Eckhauses aus durch ein Megaphon gefordert hatte. Dennoch sprangen unerwartet die Türen des Kaufhaus-Provisoriums auf, stürmten Trupps der Polizei mit Schlauchleitungen aus dem Innern, lösten eine Flucht der Menschen zur Brücke und zum Bahnhofsplatz aus. Auch ich floh, neben mir einen kleinen Jungen, fünf-, sechsjährig, der in der panischen Bewegung nicht mithalten konnte. Ich stieß ihn zu einem Bauwaggon der Straßenarbeiter – der Bahnhofsplatz wurde damals umgebaut – damit er sich darunter verberge, geschützt vor Füßen und Schuhen, die ihn bei einem Sturz zu Tode trampeln würden. Als die fliehende Menge zum Stehen kam, sah ich den Jungen weit zurück unter dem Bauwaggon hocken, allein im Niemandsland zwischen Menge und anrückendem Polizeikordon. Er wäre dort sicher, sicherer, als wenn ich ihn mitgezerrt hätte. Doch in eben dem Moment entdeckte ein Uniformierter, der das Strahlrohr führte, den Kleinen zwischen den Rädern, und er spritzte ihn unter dem Wagen hervor, spritzte ihn vor sich her über den Platz, ein rollendes Knäuel Mensch, bis es da vor der aufheulenden Menge lag.

Ich habe in jener Nacht furchtbare Dinge gesehen, die ich nie für möglich gehalten hätte – nicht hier, nicht in dieser Stadt. Es gäbe einen Hass unter Menschen, den ich künftig verstehen müsste, einen Willen, andere zu vernichten. Und als ich all die Artikel in den Zeitungen gelesen hatte, nichts darin von den Geschehnissen fand, wie sie sich tatsächlich zugetragen hatten, wollte ich künftig für mich ein Ausdrucksmittel finden, um bezeugen zu können, was ich sehe, was diese beiden Augen sehen.

43   Nippfigur

Und Emile, nachdem er Stunden am Bett von Lia verbracht hatte, lief durch den Park, als wäre er darin eingesperrt. In seinen Kleidern hockte der Spitalgeruch, diese von Chemikalien und Ausdünstungen imprägnierte Wärme, noch immer waren um ihn die Stimmen der Besucher an den anderen Betten, diese überfreundlichen Töne, zu hoch angesetzt, zu weich und lieblich herunterplätschernd, ein angestrengtes Lieb- und Angenehmsein, als wären die Wörter selbst Pillen, unablässig verabreicht, gegen das Verstummen, gegen eine drohende Stille. Dazwischen eingesprengt die Stimmen der Pflegerinnen, eine laute Freundlichkeit, die stets etwas zurechtrückte, eine Ordnung gegen dieses sieche Leben durchzusetzen suchte und den lauten Ankündigungen, was als Nächstes zu geschehen hätte, eine Anzahl routinierter Bewegungen folgen ließ, ein beeindruckendes Instrumentarium an Griffen, Gesten, Blicken – und Emile stand abseits, wenn Lia neu gelagert werden musste, ein Medikament gespritzt erhielt, stand da wie ein sehr überflüssiger Gegenstand, den man zwischen Blumen und Pralinen auf den Beitisch gestellt hatte, eine Nippfigur, wie sie von Patienten stets mitgebracht wurden, ein Glücksbringer aus dem Hausaltar vergangener Zweisamkeit.

Emile lief durch den Park, als wäre er für immer in diesen Vorhof des Todes gebannt, könnte nicht mehr hinaus, dorthin, wo jetzt der Feierabendverkehr begann, die Leute durch die Straßen eilten: Er wäre in etwas eingefangen, in eine Senke, wie es die Maare sind, jene mit Wasser gefüllten Erdtrichter in der Eifel, die vor Jahrmillionen durch gewaltige Explosionen herausgesprengt worden sind und zu den reichsten Fundstellen von Fossilien gehören.

44 Zusatz

Zu Hause fand er einen Brief von Klara mit dem Datum des gestrigen Tages.

Kalt, durchfroren bin ich, bis ins Innerste erstarrt. Jetzt sitze ich im Café, gegenüber der Tramhaltestelle – Du wirst es kennen –, trinke heiße Schokolade. Kaum Gäste, leer ist es, und die Serviererin steht mit verschränkten Armen am Tresen, schaut mit müdem Blick durch das große Fenster zum Platz hin, in die von Straßenleuchten erhellte Nacht. – Es ist Wahnsinn, und ich weiß, ich sollte es nicht tun, doch ich konnte nicht anders: Ich musste nach der Schule in die Stadt fahren, Du würdest mich brauchen, dachte ich, jetzt da Du die Abende allein verbringst,

85

ich auch nicht weiß, was für Neuigkeiten es gibt. Ich bin zur Trottenstiege gelaufen, habe hoch zu Deinen Fenstern geschaut. Das Arbeitszimmer war hell – und ich wäre so gern jetzt dort hinter dem leuchtenden Vorhang …

Fast zwei Stunden habe ich in der Kälte gestanden. Manchmal bin ich zur anderen Seite gelaufen, um zu sehen, ob auch in der Wohnstube Licht sei, ob ich einen Schatten auf den Gardinen erhaschen könnte, wenn Du zu Deinem Lesesessel gehst, dem Ohrenfauteuil Deines Vaters, wie Du erzählt hast. Doch lange hielt es mich nicht, ich war besessen vom Gedanken, Du würdest noch ausgehen, vielleicht einen Spaziergang machen, Du kämst irgendwann die Außentreppe hinab, würdest mich schweigend in die Arme schließen …

Ich werde diesen Brief nicht abschicken. Du würdest ihn sentimental und mich albern finden. Ich hatte den Mut nicht, an die Tür zu kommen, stellte mir nur immer vor, wie es bei Dir aussieht, was Du gerade tust. Vielleicht hatte ich auch nur Angst, Du könntest nicht öffnen und mich abweisen …

Es folgte ein Absatz: *Eineinhalb Stunden später, nach Mitternacht.*

Dann ein Zusatz mit Bleistift, wohl im Stehen geschrieben:

Ich bin nochmals hochgestiegen, doch ich fand auch dieses Mal den Mut nicht. Deine Fenster sind jetzt dunkel. Nun weiß ich nicht, wie ich nach Hause komme …

45   Kelch

Emile ließ den Brief sinken, erleichtert darüber, dass Klara gestern Abend nicht geklopft hatte und in die Wohnung eingedrungen war – was er nicht hätte verhindern können. Doch die Vorstellung, sie wäre durch die Zimmer gegangen, hätte sich mit neugierigen, hinter einer Schüchternheit versteckten Blicken umgesehen, machte ihm bewusst, wie sehr die Räume durch die Geschehnisse der vergangenen Nacht noch tabuisiert waren. So, als seien die Zimmer Teile von Lias Gehirn, nach außen erweiterte Bezirke der Hemisphären, in dessen rechter Hälfte sich die Blutung ereignet hatte: Ein Wegbrennen von Neuronengewebe durch einsickerndes Blut, und diese Zerstörung hätte auch die Gegenstände und Möbel verätzt, hätte eine aufgeraute Schicht schmerzlicher Erinnerung und Furcht hinterlassen, auf die sich Klaras neugierige Blicke wie ein frischer Beschlag gelegt haben würden. Ihr jugendliches Leben hätte die stille Leere in den Räumen ausgefüllt, und Emile wäre das Gefühl nicht losgeworden, dass dadurch Lia aus den Zimmern, aus diesen raumgewordenen Hirnhemisphären, tiefer in den Schutz ihrer Bewusstlosigkeit gedrängt worden wäre.

Emile, froh darüber, dass »dieser Kelch«, wie er sich bei der Formulierung ertappte, »an ihm vorübergegangen war«, bereitete das Abendbrot zu. Er hatte beschlossen, nicht zu kochen, jeweils um die Mittagszeit in der Cafeteria der Klinik zu essen, am Abend es jedoch bei Brot, Wurst und

Käse bewenden zu lassen. Und während er am Tisch in der Wohnstube saß, durch die Decke Stimmen aus dem Fernsehgerät einer halb tauben Nachbarin hörte, fragte er sich, weshalb Klara den Brief an ihn abgeschickt hatte. Sie wollte es doch – wie sie schrieb – nicht tun. Warum also ließ sie ihn dennoch wissen, dass sie da unten vor den Fenstern gestanden und frierend hoch zu seinen Fenstern geblickt hatte? – Und während er das Abendbrot aß, darüber nachdachte, spürte er wie Klara durch den Brief eine neue, jetzt dringlichere Anwesenheit bekommen hatte, durch seine, Emiles Befürchtung nämlich, sie könnte vielleicht auch heute unter den Fenstern stehen, wieder hoffend, eine Bewegung hinter den Gardinen zu erhaschen. Doch wie ließe sich überprüfen, was ihn als Vorstellung zu quälen begann? Vielleicht fände Klara diesmal sogar den Mut, an die Tür zu klopfen? Würde es schon im nächsten Augenblick tun? Sollte er das Licht löschen, versuchen, durch die Ritze zwischen den Gardinen hinaus auf den Gehweg zu spähen? Würde ihn die leicht schwankende Bewegung beim Auseinanderschieben des Tuches nicht verraten? Sie würde ihm bestimmt nicht verzeihen, dass er sich verleugnete. Und sie würde auch nicht verstehen, wie sehr er ihre Nähe wünschte, sie aber dennoch nicht einlassen konnte. Die Wohnung war Lia, war ein verletzter Teil von ihr. Ein Ort, den jetzt außer ihm niemand betreten durfte.

Emile fühlte sich hilflos wie heute Abend nach den Stunden im Krankenzimmer, als er durch den Park geirrt war. Er musste hier an der Trottenstiege allein bleiben, um Lias willen, und wurde sich gleichzeitig bewusst, wie sehr Klara bereits da und in den Räumen anwesend war, wenn auch erst in seiner Vorstellung. Diese bekam eine unerwartet quälende Intensität, als er sich an den Zusatz ihres Briefes erinnerte, den er beim ersten Lesen nicht weiter beachtet hatte: Wenn sie gestern Nacht nicht mehr nach Hause gekommen war, wo hatte sie dann übernachtet, bei wem würde sie »angeklopft« haben – und wäre anders als bei ihm eingelassen worden?

46   Lektüre

Emile räumte den Tisch ab, stellte das Geschirr in die Spüle. Unentschieden blieb er zwischen Vorratsregal und Herd stehen. Doch da das Licht in der Wohnstube schon brannte, die Gardinen bereits gezogen waren, entschloss er sich, dorthin zurückzukehren, das Arbeitszimmer zum Gehweg hin zu meiden, zumal er die folgende Seite im Buch mit dem gelbschwarzen Umschlag noch nicht gelesen hatte. Vielleicht gelänge ihm, die Lektüre anstelle von Lia einfach fortzusetzen, an keine prophezeiende Bedeutung zu denken, sondern sich von der Spannung, wie früher auch, einfach mitreißen zu lassen: Chandler war für Emile stets ein probates Mittel gewesen, aus dem Alltag abzutauchen. Schon die Lektüre weniger Seiten ließ ihn all die Schwierigkeiten an der Universität, die Angriffe wegen der Art seiner Studien, vergessen: Die Welt war bei Chandler noch ein tüchtiges Maß hässlicher als am Institut, doch mit Mut und Witz, einer wachen Intelligenz, wie sie sein Marlowe besaß, bekam selbst diese Hässlichkeit etwas von einem Zauber, der Emiles Überdruss an seiner Arbeit in einen Trotz verwandelte, der wenigstens bis zum nächsten Morgen vorhielt. Vielleicht gelänge ihm auch jetzt, in Marlowes vergangene Welt abzutauchen, wie früher gestärkt und irgendwie getröstet aus ihr zurückzukehren, und Emile nahm das Buch vom Sims, schlug es auf – dort, wo die Karte mit dem Bild des Bodhisattvas steckte – las:

Durch das Schließen der Glastür war es stickig geworden im Zimmer, und die hochgestellten Jalousien hatten es dämmrig gemacht. Es lag ein beißender Geruch in der Luft, und die Stille war um Grade zu tief und zu schwer. Es waren von der Tür bis zur Couch nicht mehr als fünf Meter, und nicht mehr als die Hälfte davon brauchte ich, um zu wissen, dass auf der Couch ein Toter lag.

Er lag auf der Seite, das Gesicht zur Rücklehne gewandt, den einen Arm unter sich, den anderen halb über den Augen. Zwischen seiner Brust und der Couchlehne war eine Blutlache, und in dieser Lache lag Webley. Die Seite seines Gesichts war eine verschmierte Maske.

Ich beugte mich über ihn und betrachtete den Rand des weit offenen Auges, den nackten, kräftigen Arm, in dessen Beuge ich das geschwollene und geschwärzte Loch in seinem Kopf sehen konnte, aus dem immer noch Blut sickerte.

Ich ließ ihn liegen. Sein Handgelenk fühlte sich warm an, aber es konnte keinen Zweifel geben, dass er tot war.

Emile ließ das Buch sinken.

Wie Lias Hirnblutung eine aufgeraute Schicht schmerzlicher Empfindungen auf der Einrichtung und den Möbeln hinterlassen hatte, so war auch die glatte Oberfläche der Wörter verätzt, und Emile spürte, wie die in ihrem Klang aufbewahrten Gefühle ungehindert ausströmten. Sie weckten durch Assoziationen wieder die Bilder jener Nacht, sie griffen ihn an mit Ängsten um Lia, um seine eigene Zukunft, die über den nächsten Tag nicht hinausreichte. Statt einer Flucht in eine ferne, unbelastete Welt, versank er in eine selbstmitleidige Trauer. Nichts würde ihm bleiben, dieses gut eingerichtete Dasein wäre zu Ende, er ein nutzloser Gegenstand in einem Stillleben, das zerbrechen würde, wenn er sich rührte. Er bliebe abgetrennt von Klara und ihrem jungen, unverbrauchten Leben, das andere mit ihr teilen würden, ihm jedoch verschlossen bliebe wie die Abenteuer Marlowes in Chandlers Roman.

47 Kuppel (3. Tag)

Am Morgen, bevor Emile das Haus verließ, schrieb er an Klara:

Und wenn ich dann stundenlang am Bett sitze, zu ihr rede,

flüstere, dann geht zwischendurch mein Blick aus dem Fenster,
sehe ich die Kuppel der Alten Universität, und die Erinnerung
an unsere Ballnacht ist wie ein schwebendes – ein hell leuchtendes
Bild, als wäre die Nacht damals Tag gewesen und der jetzige Tag
die Nacht: Ein Sinken im Maar wie es den Echsen, den Urpferd-
chen, den Flugsauriern geschehen ist, die dann im Schlick und
Schlamm ihre steinernen Abdrücke hinterließen, Schriftzeichen
noch für jene späten Tagbilder, die ich einmal lesen konnte – und
die jetzt zu meinem eigenen Text geworden sind.

48 Ohr

Zwischen feucht verklebten Haarsträhnen sah ihr Ohr hervor, die Muschel großzügig ausgebildet. Nichts Schiefes
oder Kleinliches war an Lias Ohren, nichts von windig
angelegt, sondern ausgestaltet in Bogen und Vertiefungen,
eingefasst von einem weich aufgeworfenen Rand und be-
schwert mit dem tiefhängenden fleischigen Läppchen: Das
Ohr eines alten Menschen, wie Emile jeweils gesagt hat,
von einem, der sich nicht zum ersten Mal in den Welt-
geschichte umhört, der damit schon früh den Lehren der
antiken Völker gelauscht hat. Ihre ethnologischen Studien
seien daher nur der späte Nachhall des Zuhörens in Zelten,
heiligen Hainen und Tempelhallen. Und Emile beugte sich
nun über dieses Ohr, das er so überschwänglich gerühmt

hatte, blickte in den dunklen Eingang, der jetzt ins Ver-
stummtsein führte, und redete dennoch.

– Erinnere dich! Erinnere dich! Es war eine doppelt unbekannte Welt gewesen, die du kennengelernt hast, damals,
in der Zeit nach unserer Begegnung im »Tunesie«, als ich
Dir die Gehörknöchelchen erklärte, wie sie sich aus dem
primären Kiefergelenk entwickelten.

Und Lia stand in der paläontologischen Sammlung der
Universität, war in einer Gegenwart aus Museumsräumen,
Präparationswerkstätten und Labors zur Erforschung fos-
siler Zeugnisse und blickte in eine Vergangenheit, die sehr
viel tiefer in der Geschichte zurücklag, als alles, was sie
von ihrem Studium her über Völker, Mythen und Bräuche
kannte: Eine blassblau üppige Weite aus Farnpflanzen, voll
fleischiger Früchte, von Tieren durchstreift, die den Tripty-
chen eines Hieronymus Bosch hätten entstammen können.
Allerdings entstand dieser paradiesische Garten erst durch
das Lesen der braunglänzend fossilierten Knochen in den
Schieferplatten, und Lia sah auf das Skelett eines Reptils,
herausgemeißelt aus dem Stein, schaute verständnislos auf
diese Schrift aus verkrümmten, schief gedrückten Über-
bleibseln von achtlos weggeworfenen Haufen ehemaligen
Lebens. Emiles Augen jedoch wurden schmal, sein Gesicht
drückte eine konzentrierte Hinwendung aus. Er war virtuos
im Entziffern, wies Lia auf »Merkmale« hin, redete von Systematik, über den Nachweis der Schlangen als Abkömm-
lingen von vierfüßigen Vorfahren – und er tat dies in einer
raschen, fast flüchtigen Art zu sprechen, als wolle er sie

nicht mit Dingen langweilen, die zu kompliziert, zu speziell waren, um irgendjemanden außer ihn und ein paar Fachleute zu interessieren. Doch ein Name fiel immer wieder: Steinitz, von dem sie nie gehört hatte, von dem er jedoch ganz offensichtlich annahm, auch sie müsste ihn kennen.

49 Maar

Als Lia nach dem Besuch im Museum von der Demonstration erzählte und wie ihr klar geworden sei, womit sie sich künftig beschäftigen wolle, entgegnete Emile ein wenig spöttisch und als wäre der Gedanke von jemand anderem entlehnt: Für ihn sei der »Ausbruch von Gewalt« ein wenig früher geschehen, durch eine Explosion, dank der er heute ein Material bearbeiten könne, das einzigartig sei und die Grundlage seiner Forschung darstelle. Dieser »Gewaltausbruch« habe vor rund siebenundvierzig Millionen Jahren stattgefunden. Eisiges Wasser sei damals durch Ritzen und Spalten ins Erdinnere geströmt, sei in der Tiefe auf das hochdringende Magma gestoßen, was zu einer Eruption unvorstellbaren Ausmaßes geführt habe. Ein trichterförmiger Krater von einigen hundert Metern Durchmesser sei in die Landschaft gesprengt worden, der sich allmählich mit Wasser zu einem See gefüllt habe, ein Ort vielfältigen Lebens. Darin hätten sich nicht nur Wassertiere angesiedelt, sondern der See sei auch zu einer Tränke für

die verschiedensten Tierarten der damaligen Fauna geworden. Am Grund hätten sich Pflanzenreste abgelagert, doch
seien auch Tiere – darunter sehr ursprüngliche Formen –,
die ertrunken oder verendet seien, im Schlamm eingebettet
und versteinert worden. So sei in den Jahrmillionen eine
»Bibliothek der Naturgeschichte« – wie Steinitz die Maare
nannte – entstanden, deren Bücher und Seiten aus dünnen
Schieferplatten bestünden. Es gehöre für ihn zu den wun-
derbarsten Geräuschen, wenn mit einem feinen Keil, eine
der Platten aufgesprengt würde: Ein stumpfer, staubiger
Schlag, dem ein Reißen folge, und es sei jedes Mal ein ihn
tief anrührendes Erlebnis, wenn zwischen diesen »Seiten«,
noch niemals von Menschen aufgeschlagen, Fossilien zum
Vorschein kämen, schwache Zeichen, die man konserviere,
um sie später im Labor aus dem Schiefer herauszuarbeiten.

Als Emile später sah, mit welchen Schwierigkeiten Lia zu
kämpfen hatte, um in ihrem Beruf als Frau ernst genommen
zu werden und nach Jahren der Assistenz endlich auch einen
eigenen Auftrag zu erhalten, sagte er zu ihrer Ermutigung:
Sie verletze eben die konventionelle Rolle als Erneuerin des
Lebens, versuche im Gegenteil das bereits Gelebte festzuhalten, nur nicht in Schiefer wie die Naturgeschichte, sondern auf Film- und Videomaterial. Und mit der Ironie, die
ein wenig trösten wollte, fügte er hinzu: Das Hinabsteigen
als Produzentin in die trübe Suppe der Geldbeschaffung, damit aus Leben Erinnerung werde – was dem Absinken und
Versteinern der Tiere im Maar nicht ganz unähnlich sei –,
müsse offensichtlich um einiges schwieriger und schmerz-

licher sein, als sich später über die Abbilder zu beugen und sie in Theorien wieder zu verlebendigen, wie er es tue.

50   Wiederberührung

Doch nun, da Emile selbst das Gefühl eines nicht aufzuhaltenden Absinkens empfand, neigte er sich zu Lia, flüsterte in ihr Ohr, dass sie ihm stets in allem Erkennen voraus gewesen sei, jetzt auch darin, sich schon in größerer Tiefe, in mächtigerer Dunkelheit zu befinden. Sie habe auch damals bereits verstanden, was ihn nur befremdet, ja im Innersten empört habe: Diese letzte Begegnung mit Steinitz, Emiles bewundertem Vorbild, jenem berühmten Herpetologen. Er war zu Besuch im Naturhistorischen Museum, saß zum verabredeten Zeitpunkt am Tisch, wie stets in seinem schwarzen Anzug, wie er ihn schon in Wien und den Studienjahren in Oxford getragen hatte, später in Boston, während der Jahre der Emigration. Auf allen Photos, die er Emile gezeigt hatte, auf Abbildungen in Artikeln oder Festschriften: Steinitz blieb unbeirrt von der Mode, wie er in seiner Forschung seinen Weg gradlinig gegangen war, trotz Anfeindungen und Widerständen. Er hatte Enormes für ein modernes Verständnis der Systematik geleistet, und wenn er auch zerbeulte, meist schon ein wenig schäbige Anzüge trug, Steinitz hatte stets in mondäner Gesellschaft verkehrt, mit Leuten, deren Namen Emile runde Augen machen ließen. Und nun, da er sich mit Steinitz in einem Labor des Museums verabredet hatte, saß der Professor klein und beleibt am Tisch, den Kopf vorgebeugt. Als Emile die Tür hinter sich schloss, schrak Steinitz auf, wandte ihm die durch seine Brille stark vergrößerten Augen zu.

– Ah, kommen Sie, kommen Sie. Ich will Ihnen etwas zeigen.

Steinitz suchte in den Rocktaschen, schob dann die Versteinerung eines Seeigels zwischen sie beide auf die Tischplatte, ein rundes, flaches Stück.

– Wollen Sie bitte das Folgende bedenken, sagte er in seinem wienerisch gefärbten Deutsch, das er sich aus der Jugend bewahrt hatte. Dieses Tier hat einstmals im Meer gelebt, vor Jahrmillionen Jahren. Versuchen Sie nun, sich vorzustellen, wie es gelebt hat, in jener vergangenen Epoche der Erdgeschichte – und es wird hell um Sie her, von klarer, kalter Flüssigkeit. Sie sind im Meer, das über Sie hinweggeht, schäumt und quirlt und Sie durchdringt bis ins Innerste: Eine strahlende Helle aus Klarheit und Kälte. Sie spüren, dass Sie eine Erscheinungsform, eine Gestalt gewordene Brechung dieses verflüssigten Lichtes sind. Gleichzeitig aber sind Sie auch Beobachter. Sie wissen: Das Tier hat im Jurameer gelebt, vor hundertvierzig Millionen Jahren, in einem längst entschwundenen Meer. Damals sank es hinab in die Tiefe, in die Trübung des Schlammes, versteinerte, blieb über Jahrmillionen hin unberührt.

Steinitz wiegte den Kopf, grübelte, und seine rotgeäderten Wangen, von grauen Stoppeln übersät, zitterten.

– Ich habe das Ding da auf einem Spaziergang aufgehoben – und nun schauen Sie! Die Wiederberührung!

Steinitz stieß zittrig mit der Fingerspitze das flache Rund an.

– Die Wiederberührung ist das gänzlich Unwahrscheinliche. Und ich kann mir nicht helfen. Zwischen dem Seeigel im Jurameer, dem langsamen Sinken zum Grund und der Hand, die die Versteinerung wieder aufhebt, zwischen den beiden Ereignissen ist ein unfassbarer Zusammenhang.

Lia faszinierte die Geschichte, von der ihr Emile empört berichtet hatte. Darin verberge sich für sie eine Verheißung, sagte sie, wenn sie auch nicht genau wisse, wofür, doch spüre sie etwas Tröstliches, gerade auch für einen alten Menschen, der Steinitz ja offensichtlich sei. Doch Emile, der gehofft hatte, mit dem Professor über seine jüngsten Publikationen zu sprechen, war enttäuscht und ohne jegliches Verständnis für die »abstruse Geschichte von Wellen des Jurameers und einem schlecht fossilierten Seeigel«, die ihm Steinitz aufgetischt habe, läppisches Zeug.

Lia hatte gelacht

– Die Begegnung hätte ich filmen mögen, hast du gesagt. Euch beide, Vorbild und Nachbild, festgehalten auf einem schwarzen Streifen, damit ihr aufgehoben, irgendwann wiederberührt werden könntet.

51 Erwartung

Aufgehoben und wiederberührt zu werden – hatte er darauf kein Anrecht? Emile hielt in seinem Gang durch den Park inne, umfangen von Kälte und Dämmerung, noch den Geruch des Zimmers in den Kleidern, und er wandte den Kopf, blickte zurück auf das vertikale Karree von Fenstern, hinter denen die Versehrten lagen, inmitten der eindunkelnden Stadt. Emiles Blick floh darüber hinweg zur Kuppel der Alten Universität, deren Umriss wie eine quadratische Mütze mit Quaste vor dem Abendhimmel stand. Er würde Klara in die Wohnung einlassen, noch heute, in vielleicht nur wenig mehr als einer Stunde, und während er den Blick zum säulenbewehrten Eingang senkte, überwältigte ihn wieder dieses Gefühl wie am Abend der Ballnacht, als er die schwere Tür, hinter der schon das Orchester spielte, aufzog, den Arm um Klara legte und sie sanft durch die erregte Menge führte. So an der Schulter haltend, würde er sie auch an der Trottenstiege durch den kurzen Flur geleiten. Er könnte sie zum Abendbrot erwarten, sie damit überraschen, und sie stünde vor der Tür, in dem Fellmantel, den sie seit der Kälte trug, die Pelzmütze auf den langen fallenden Haaren, das Gesicht gerötet. Klara wäre keine Schlangengöttin aus dem minoischen Palast, keine Aphrodite, dem Schaum der Wellen entstiegen: Sie ließe sich nicht mehr in diese starren Fernen längst vergangener Kulturen bannen, deren Bezeichnung ernster gemeint war als der ironische Ton, den er in den Briefen jeweils angeschlagen hatte, vermuten ließ – und Emile schritt aus, beeilte sich, als könnte er zu spät kommen. In seinen Bewegungen war nichts von großväterlicher Schwerfälligkeit, die Straße durch das Villenquartier weckte kein Verlangsamen der Schritte und gemächliches Flanieren. Emile hastete nur einfach den gewohnten Weg nach Hause, wie alle anderen Heimkehrer auch.

Nachdem er Mantel und Schuhe im Flur ausgezogen, die Öfen im Arbeits- und Schlafzimmer eingeheizt hatte, ging Emile in die Wohnstube, nahm die Bananenschale vom Sims, die schon schwarz geworden war, warf sie in den Abfallkübel, reihte das Taschenbuch mit dem Wagen auf dem Titelblatt zu den anderen Ausgaben von Chandler ins Regal. Er wollte nicht, dass sie die beiden Spuren jener Nacht sähe, vielleicht Fragen stellte. Denn es würde sein, wie er es bereits vorausgesehen hatte, Klara ginge durch die Wohnung mit diesen neugierigen Augen, die sich hinter einer Schüchternheit zu verstecken suchten. Sie nähme mit ihren Blicken auch Einzelheiten in Besitz, wie den ägyptischen Aschenbecher seines Großpapas oder den Granatsplitter, den der Holzhändler als einen Talisman bis zu seinem Tod bei sich geführt hatte. Klara würde die Räume mit ihrer jugendlichen Lebensfreude füllen, die Verätzungen auf Möbeln und Gegenständen mit neuen, hellen Empfindungen übermalen. Doch Klara kam nicht. Sie stand nicht auf der Straße, wartete in keinem Café, und als er sich entschied, bei ihr zu Hause anzurufen, erhielt er den Bescheid, sie sei bei Nick, einem Freund, bleibe dort über Nacht und käme wahrscheinlich erst am nächsten Tag nach der Schule zurück.

52 Schiefertisch

Und nun bin ich es, der wartet, in einer Kälte, die von innen kommt, sitze da in der Wohnstube, am Schiefertisch, und kann mich ebenso wenig bewegen und zu irgendeiner Unternehmung entscheiden, wie Du es gekonnt hast. Auch ich schaue, wenn auch nur in der Vorstellung, hoch zu einem erleuchteten Fenster, dessen Vorhänge zugezogen sind, keinen Einblick gewähren, das mich quälenden Vermutungen überläßt, was Du tun könntest, mit wem Du zusammen bist – und das ist, als glitte das »Gestade, mir fremd, eine Insel, schwebend über dem Wasser, doch erfüllt von einem Licht, wie ich es zuvor nie gesehen habe« hinweg und wäre mir wieder verschlossen. – Zum ersten Mal wird mir bewusst, während ich hier wartend am Schiefertisch sitze, dass dieser nachtschwarze Stein, eingefasst von einem Holzrahmen, aus dem gleichen Material ist wie die Platten des Maars, über deren Versteinerungen ich mich jahrelang gebeugt habe. Doch dieser Schiefer hier ist ohne fossile Spur, ohne einen Abdruck – er ist nur einfach schwarz. Als wäre alles gelöscht. Bis auf das Dunkel, in das hinab ich jetzt sehe.

53 Nase (4. Tag)

Ein Stoßgebet und das Aufdrücken der Tür, das einen Streifen Zimmer sich im Gegenlicht verbreitern ließ, und Emile
blickte zu Lias Bett. Unverändert lag sie in den Kissen,
war auch in der vergangenen Nacht nicht aus dem Koma
erwacht, und ihr Mund stand schwer atmend offen. Emile
zog den Hocker heran, schob das Gitter nach unten, setzte
sich, wie gestern, wie vorgestern auch, lächelte ein wenig, als
könnte sie es sehen. – Deine Nase, Lia, erinnerst du dich?
In Gedanken redete er auf sie ein: – Ich habe dich jeweils
geneckt: Sie sei ein Einzelstück, niemandem in der Familie ähnlich. Und Onkel und Tanten waren in Lias Familie
zahlreich, besonders auf der Seite der Mutter. Eine stattli-
che Auswahl an lang gezogenen, höckerigen, gestupften,
schiefen, platten, fleischigen und knochigen Nasen. Keine
jedoch war von der Geradheit und Symmetrie wie bei Lia,
in der Proportion wunderbar eingefügt, zwischen den Bogen der Brauen als ein fein gearbeitetes, aus edlem Material
geschnittenes Stück, das nur eine Besonderheit hatte: Die
Spitze war wie bei einer klassischen Statue, die gestürzt
und durch Jahrhunderte in Schutt und Erde gelegen hatte,
abgeschlagen. Nicht viel, die äußerste Kuppe nur. Doch
diese rundliche Fläche – »Lias Nasenboden« – genügte,
etwas Eckiges in ihre Züge zu bringen. Sie sei eben schon
im Altertum auf die Nase gefallen, und Emile, mit dem einen Arm auf die Matratze gestützt, um Lia näher zu sein,

neckte sie, wie er es früher getan hatte, redete: – Das kommt davon, wenn man sich auf Metamorphosen einlässt, und statt in marmorner Gelassenheit in einem Museum zu stehen, mit abgeschlagener Nase wiedergeboren werden will, dazu noch im zwanzigsten Jahrhundert. Doch Lias Nase war so blass geworden. Diese gerade kleine Fläche hatte sich ausgefüllt, war beinahe zu einer ganz normalen Spitze geworden. Und Emile überlegte, in welcher Metamorphose sich Lia denn jetzt befände, während er, über sie gebeugt, in ihre tiefe Abwesenheit sah.

54 Gewalt

Ein zweiter, späterer Ausbruch von Gewalt brachte Lia endlich die Anerkennung ihrer Arbeit, wenn auch erst in einem kleinen Kreis. Wieder waren es Jugendliche, die protestierend auf die Straße gingen. Doch diesmal geriet Lia nicht einfach zufällig in den Aufruhr hinein. Sie suchte gezielt die Demonstrationen und Vollversammlungen auf, die Videokamera in der Umhängetasche, wollte »bezeugen, was diese Augen sehen«, und blieb doch am Rand, eine Beobachterin, die bei aller Sympathie auch Vorbehalte hatte. Nichts war von einer politischen Konzeption zu spüren, wie sie in den Achtundsechzigerjahren als ein Gegenentwurf zu den bestehenden Verhältnissen diskutiert worden war. Die jetzige Forderung, »alles« haben zu wollen, »aber subito«, erschien Lia charakteristisch für eine Generation, die bereits im Wohlstand aufgewachsen und zu bekommen gewohnt war, was immer sie sich wünschte. Doch gab es gegenüber der früheren Bewegung auch etwas wirklich Neues, das Lia zutiefst faszinierte: Das Einführen des »Unernstes« in die politische Auseinandersetzung. Die gesellschaftlichen und kulturellen Einrichtungen, Behörden, der Umgang mit Medien, mit Institutionen und ihren Vertretern, was immer man sich nur denken konnte, nahmen diese Jugendlichen lediglich zum Vorwand für eine Art Spiel, das man spielen oder eben nicht spielen konnte, das Regeln besaß, an die man sich halten oder – als eine andere Art des Spiels – einfach ändern konnte. Das brachte Gelächter und schuf ein chaotisches Lebensfest, das befreiend war und für seine sommerliche Dauer die Ordnung aufhob. Diese »Unruhen« liebäugelten mit keiner Revolution, wie Lias Generation der Achtundsechziger es getan hatte. Diese »Jugendbewegung« war ein mittelalterliches Fastnachtsspiel, das die bestehenden Machtverhältnisse auf den Kopf stellte, die Repräsentanten lächerlich machte und die Beschränktheit der gewählten Vertreter vorführte, wie hilflos, wenn auch nicht ohnmächtig, die Politiker waren. Diese mussten selbstverständlich am herkömmlichen Ernst festhalten, mussten ihn verteidigen und ihre Rituale und deren Logik mit Polizeigewalt durchsetzen, unterstützt von einem Teil der Bevölkerung, der mit Unverständnis, ja Hass auf die Jugendlichen reagierte. Denn die Beschränktheit, die sich in allen

Machtverhältnissen verbirgt, steckt auch in den »einfachen Leuten«, die sonst eher zu ihren Opfern zählen. Lia hatte während der Jugendunruhen sehr genau die Gewalt gegen Teile der Bevölkerung verfolgt, doch während sie an dem Videomaterial arbeitete, das sie in den Monaten der Unruhen aufgenommen hatte, stieß sie auf einen Fall, bei dem sich das Gegenteil ereignet hatte. Damals waren nicht die Behörden gewalttätig vorgegangen, sondern eine Gruppe von Dorfbewohnern hatte sich zu einem Pogrom gegen einen Kunsthistoriker und Gelehrten zusammengerottet, der ein exzellenter Kopf war und offen zu seinen Überzeugungen als Marxist gestanden hatte. Die Gewalttaten waren Mitte der Fünfzigerjahre ausgebrochen, in der Zeit des Kalten Krieges und eines hysterischen Antikommunismus, und Lia plante einen Dokumentarfilm. Durch Interviews von Zeitzeugen sollte das Entstehen einer Hetze, die Enthemmung der »guten Nachbarn« – so war der Arbeitstitel des Films – untersucht werden. Doch Lia sollte selbst rasch diese »guten Nachbarn« kennen lernen, als sie versuchte, an diese »Affäre«, wie es hieß, in die auch ein bekannter Politiker verstrickt war, zu rühren. Sie wurde schikaniert, behindert, diffamiert. Kam in den Ruf, »moskauhörig« zu sein, verlor das bisschen Renommee, das sie sich erworben hatte, und die Arbeit selbst: Mit dem Namen »Lia Schelbert« ließ sich für Projekte kein Geld mehr beschaffen.

55 Wirrnis

Emile, auf seinem Nachhauseweg durch den Park, blieb bei einem Strauch stehen. Schon am ersten Tag hatte er unter den kahlen Zweigen eine Amsel entdeckt, die auf der Erde saß, das Gefieder geplustert, die Brust in eine Kuhle der staubigen Erde gedrückt. Sie hatte den Kopf leicht gewendet, mit dem schwarzglänzenden Auge ihn schräg von unten angesehen, doch sie war nicht aufgeflogen – und würde es nie mehr tun. Die Flügel waren jetzt leicht gespreizt, die Federn aus ihrer Anordnung verrutscht, ein Staub hatte sich auf den Glanz gelegt, das Auge war trüb, und nur der Schnabel leuchtete noch, ein Körnchen Licht.

War Emile für die Amsel ein letztes Erschrecken gewesen, das sich auf der Kuppel des kleinen Mittelhirns wie ein Höllenfresko ausgenommen hatte?

Und während Emile da vor dem toten Vogel stand, kam ihm das Leben wie eine Rechthaberei vor, die keinerlei Abweichung vom immer schon Gewohnten duldete: Man habe aufzustehen, zu essen, zu arbeiten. Müsse tun, was alle anderen taten. Dürfe sich nicht einfach in einen Zustand zurückziehen, der unzugänglich war wie der Tod oder Lias Koma. Dadurch würden alle anderen in ihrem Selbstverständnis gestört und verunsichert, wie sie es durch die Ansichten jenes Kunsthistorikers gewesen waren und wie er es selbst bei Steinitz erfahren hatte. Statt mit ihm über die neuesten Forschungsergebnisse zu sprechen, war

Steinitz vor einem schlecht fossilierten Seeigel gesessen, hatte ihm eine abstruse Geschichte erzählte. Von Kollegen erfuhr Emile, Steinitz sei schon früher durch phantastische und manchmal auch verrückte Geschichten aufgefallen, hätte auch ein paar jüngeren Forschern übel mitgespielt, und Emile begann zu zweifeln und zu hadern, wusste nicht mehr, wem er sich eigentlich während all der Jahre so rückhaltlos anvertraut hatte. Jedem Wink, jedem Rat Steinitz' war er gefolgt – und nun stellte sich heraus, dass er diesen Mann nicht kannte, so nie hätte kennen wollen. Die beiden ihm scheinbar vertrautesten Menschen, zuerst sein verehrter Lehrer, jetzt auch Lia, waren ihm unverständlich geworden. Und Emile stand da vor dem Strauch, sah auf die verrutschten und stumpf gewordenen Federn. Warum ging er nicht einfach fort, kehrte all dem den Rücken, der toten Amsel unterm Strauch, der Wirrnis seiner Gedanken, verließe auch Lia, würde der Klinik fernbleiben, sie nicht mehr besuchen. Er könnte zu einem Freund reisen, der seit Jahren in Delhi lebte und ihn seit Langem eingeladen hatte. Doch Emile würde bleiben. Er wartete nicht nur, dass Lia erwachen und zurückkehren würde, er wartete auch auf Klara. Sie käme heute Abend, und er konnte deshalb nicht gehen, nicht fort von ihr und auch nicht fort von Lia.

56 Neugier

Emile verspürte eine Genugtuung, die ihn lächeln machte, als nach einem Klopfen an der Tür und einer eher zurückhaltenden Begrüßung genau das geschah, was er erwartet hatte: Klara streifte durch die Wohnstube, die Küche, das Arbeitszimmer, besah die Einrichtung und Gegenstände und zwar mit jener Schüchternheit, hinter der eine spitznasige Neugier steckte. Emile kochte Tee, bereitete das Abendbrot vor, als gehörte dies bereits zu einem gemeinsamen Alltag, während Klara, nachdem sie sich lange in seinem Arbeitszimmer aufgehalten hatte, jetzt an den Bücherregalen in der Wohnstube entlang ging, die Titel las und offenbar verwundert darüber war, neben den wissenschaftlichen Werken auch Kriminalromane zu finden. Mit ihren Blicken nahm sie den Aschenbecher von Großpapa in Besitz, dieses flache Stück Keramik, das in seinen Ornamenten die Atmosphäre eines Salons bewahrt hatte, eignete sich schauend den Granatsplitter an, den der andere Großvater, der Holzhändler, stets bei sich getragen hatte, legte mit ihrem Betrachten einen neuen Firnis über Möbel und Wände. Auf sie würden die Farben einer erst künftigen Erinnerung aufgetragen werden, und Klara setzte sich ihm gegenüber an den Schiefertisch, nahm die Teetasse in beide Hände, wie sie es künftig noch so oft tun würde, sah Emile mit diesem Blick an, als nähme sie alles vorbehaltlos in sich auf, war keine »Schlangengöttin«, zu der er sie in seinen Briefen gemacht hatte: Sie saß da, eine junge Frau, das lange Haar beidseits ihres rundlichen Gesichts, in dem Emile jetzt auch Züge ihrer Eltern entdeckte, hatte die Arme aufgestützt, und die Finger bewegten sich unruhig an der Tasse, führten ein eigenes, unkontrolliertes Dasein, das innere Regungen in ein unwillkürlich zuckendes Tasten übersetzte. Emile rührte diese Kindlichkeit, schob die Hand über den Tisch, umfasste leicht ihre Finger, um diese seismischen Gefühls- ausschläge zu spüren, sie durch leichten Druck zu erwidern, während Klara von ihrem Vater erzählte, der als junger Mann in die Werbebranche gegangen sei, später mit ihrer Mutter ein Geschäft für Innendekoration aufgebaut habe und über das Finden von Requisiten mit der Filmbranche in Verbindung gekommen sei. Er habe Ausstattungen über- nommen und manchmal auch Rollen gespielt, heute bewege er sich ausschließlich in dieser Welt: – Und es war immer ein Fest! Wir sind zu Premieren und Partys gegangen, und ich durfte schon als kleines Mädchen mitgehen, genoss die Zuwendung, die ich von all den Künstlern bekam, und wir hatten ja auch oft Besuch von Schauspielern, Kameraleu- ten, Regisseuren, von verrückten Leuten, um die herum alles ungewöhnlich und aufregend war, und doch sind wir als Familie – ich habe noch zwei Geschwister – eine ver- schworene Gemeinschaft geblieben. Wir waren nie ganz so wie die Leute, in deren Kreisen wir verkehrt haben. Wir besaßen ein Geschäft, das sehr viel Geld einbrachte, mehr wie zu der Zeit, als ich klein war –, und Emile nickte, spürte die Zuckungen ihrer Finger, staunte, wie die »schwebende

Insel« seiner Briefe sich zu einem stattlichen Anwesen verwandelte, Klara eine ihn beeindruckende Gegenwart aus gesellschaftlichem Umgang und Wohlstand lebte, während in Emiles Elternhaus alles Vergangenheit und sehnsüchtige Rückschau auf glänzendere Tage gewesen war. Das Heute hatte lediglich eine Beschwernis bedeutet, die man mühsam abtragen musste, und so war für Emile die Gegenwart stets nur der nicht zu vermeidende Ausgangspunkt gewesen, um noch viel tiefer als seine Eltern in Vergangenes abzutauchen. In Klaras Worten jedoch bekam das Jetzt einen Glanz, der umso verführerischer war, als sie beide allein da am Schiefertisch saßen, er ihre Hand umfing, als wolle er versuchen, mit Klara auch den Moment selbst festzuhalten. Was Klara von ihrer Jugend und den heutigen Verhältnissen in ihrem Elternhaus erzählte, das war auch bereits ein Stück vorgestellter Zukunft, so wie Klara sie sich wünschte: Sie wolle nach der Schule die Filmakademie besuchen, mit Kameraleuten, Regisseuren zusammenarbeiten, danach für einige Zeit, wie sie sagte, nach Amerika gehen, aber bestimmt auch heiraten, denn eine Familie wolle sie haben, Kinder und ein gemeinsames Leben, wie sie es von zu Hause kenne: – Ich kann so schwer allein sein, und Emile stand auf, zog Klara hoch, umarmte sie, presste sie an sich, hielt sie fest umschlungen, als wäre sie nicht eine junge Frau, sondern das Leben selbst, das sich aufmachen wollte, fort- und wegzuziehen, hinein in eine Zukunft, die für Emile nicht weiter reichte als bis zum morgigen Tag: Dem fünften und entscheidenden Tag.

57 Nacht 3

Klara hatte beim Abschied in dem kurzen Flur nur flüchtig zur Tür mit den geschmiedeten Klobenbändern geblickt, die ihr verschlossen geblieben war. Emile würde dort in dem Bett schlafen, in dem Lia den Schlaganfall erlitten hatte, wenn jetzt auch allein. Die Nacht war mit keinem Wort erwähnt worden. Doch dass die Geschehnisse – kaum hätte Emile sich niedergelegt – in allen Einzelheiten zurückkämen, er sie wie in einen Traum wieder und wieder durchleben müsste, hätte sie sich nicht denken können, schon weil er nie auch nur das Geringste erwähnt hatte. Doch auch heute, nach dem die Schritte auf der Außentreppe verklungen waren, er noch aufgeräumt hatte, kamen die Bilder zurück, nachdem er die Tür aufgezogen hatte und in das ihm fremd gewordene Bettzeug gekrochen war: – Und im Laufschritt geht er hinter der Bahre her, welche die Sanitäter durch die nachtbeleuchteten Gänge zu einer Glastür schieben, die sich automatisch öffnet, sich hinter ihnen wieder schließt und Lia seinem Blick entzieht. Emile steht vor der hellen Vierung der Tür, hört die verwaschen stöhnenden Laute, die Stimme eines Arztes: – Frau Schelbert! Frau Schelbert! Die zorniger wird: – Hören Sie endlich auf! Schluss! Schluss jetzt! Hören Sie!? Und wieder ist es ein Schlagen, gleichmäßig, das in sein Bewusstsein dringt, ihn allmählich verstehen lässt, was dieses Klatschen bedeutet, und er macht einen Schritt zur Glastür hin. Er macht zwei weitere Schritte, steht im hell erleuchteten Notfallraum, blickt in das kaltgrüne Licht, auf Schragen, metallene Maschinen. Lia hängt in einem Untersuchungsstuhl, ihr Kopf pendelt, sie stöhnt, brabbelt und eine Ohrfeige klatscht in ihr Gesicht. – Raus hier! Raus!, schreit der eine der beiden Männer, die in weißen Mänteln vor Lia stehen: – Sie haben hier nichts zu suchen! Und Emile weicht zurück, bis die Glastür sich wieder vor ihm schließt. Er trottet den leeren Flur entlang, lässt sich auf eine Bank fallen, selbst wie gelähmt: Der »Schlegelkeller«, Emile hatte sich im »Schlegelkeller« gefühlt, für Augenblicke nur zurückversetzt in eine Zeit, von der Lias Tante immer wieder erzählen musste, von den Jahren in Antwerpen vor dem Zweiten Weltkrieg. Sie hatte damals unter Emigranten gelebt, zu denen auch der Maler Karl Schwesig gehörte, mit dem sie befreundet war und der in dem Buch »Schlegelkeller« seine Erlebnisse während der Verhöre durch Nazi-Schergen zeichnerisch festgehalten hat. Er gab ihr das Original zur Aufbewahrung, und Lias Tante ließ es durch Kuriere nach Moskau schmuggeln, kurz bevor ihre eigene Wohnung von der Gestapo durchsucht wurde. Nur für einen Moment lang war Emile in dem hell erleuchteten, gekachelten Raum in ähnlichen Bildern wie denen von Karlchens »Schlegelkeller« gewesen, spürte nun, da er auf dem Flur saß, die Leere des vorbehaltlosen Sich-Fügens: Er hatte sich für Lia nicht gewehrt, hatte dem Befehl Folge geleistet, ohne ein Wort des Widerspruchs.

Im Morgengrauen, als Pflegerinnen und Ärzte zur Arbeit kamen, der Flur sich belebte, wurde Lia in einem Spitalbett an ihm vorbeigeschoben. Sie lag jetzt still, sie lag jetzt stumm. Emile hatte nicht einmal genügend Kraft, ihr zu folgen. Er hob nur leicht den Kopf und blickte ihr hinterher.

58   Lippen (5. Tag)

Und wieder im Morgengrauen, doch fünf Tage später, setzte sich Emile ans Bett von Lia, sah auf ihren Mund, verkrustet von weißlichem Speichel. Die Lippen waren rissig und ausgetrocknet, Lippen, von denen er behauptet hatte, sie glichen in ihrer Unregelmäßigkeit einer verbogenen Fahrradfelge – was Lia spöttisch kommentieren ließ: Er habe mal wieder seinen charmanten Tag. Tiefe blutige Spalten hatten sich eingezogen, verhärtete Haut buckelte dazwischen auf, wie von Staub überzogen, dahinter lagen die Zähne, matt, ohne Glanz, und in ihren Atem, der schwer ging, hatte sich ein Seufzer gemischt, ein schmerzhaft langer Ton. Das neblig heraufziehende Licht, das allmählich die Fenster erhellte, erinnerte Emile an die Stunde, da er am Morgen nach Lias Einlieferung ins Krankenhaus durch die Straßen gelaufen war, er sich in diesem seltsam schwebenden Zustand befunden hatte, einer Leere, die angenehm gewesen war. Als hätten sich Zeit und Ort aufgelöst, und er wäre jemand anderer geworden, in einer Stadt wie London oder

Paris. Gestern Abend, in den schüchternen Berührungen von Klaras Hand, während er sie umarmte und hielt, hatte er ein ähnliches Gefühl wie an jenem Morgen wieder verspürt, nur wies diesmal sein Befinden auf eine Zukunft mit Boulevards, pazifischem Strand und Bungalows in Gärten hin, auf Landschaften, wie er sie von Aufnahmen emigrierter Schriftsteller her kannte: In Schlaufen zog sich der Seashore Drive in die steinigen, von Büschen bewachsenen Hügel. Emile hatte dieses Gefühl, losgelöst, von allem befreit zu sein, Klara auf die Lippen gedrückt, sanft und eindringlich, wie ein versicherndes Versprechen. Er hatte mit ihr geschlafen, damals in der Nacht vor der Nacht, nur zwei Dutzend Stunden vor Lias Zusammenbruch. Klara hatte schmale, wenn auch regelmäßige und sehr weiche Lippen, und ihre Berührung durchdrang ihn wieder bis hinab in die eigenen versteinerten Sedimente, von wo jetzt eine Angst hochstieg, nicht minder durchdringend. Er würde verlassen werden: Von Klara gewiss, sie war jung, sie müsste ihren Weg gehen. Endgültig jedoch von Lia. Sie käme von diesem äußersten Versteck, welches das Leben noch zuließ, nicht zurück. Und Emile, am Bett der Klinik, versprach auch ihr – auf die rissig verkrusteten Lippen –, er werde bei ihr bleiben, was immer geschehen möge, wenn sie nur endlich zurückkomme, nur endlich aus dem Koma erwache.

III.　MONAT

59   Koma

– Eine Schlucht, tief in den Fels gegraben, der in Rip-
pen und Überhängen abfällt, und ich bin in einer hallen-
den Stille eingeschlossen, am Grund eines eingetrockneten
Wasserlaufs, der sandig zwischen Steinen ist, wo kein Gras,
kein Kraut wächst. Hoch oben ist ein Streifen Himmel,
ein klares Blau, das manchmal von wolkigen Gebilden verdunkelt die Farbe wechselt. Dann dringen Klänge herab,
hallend verschliffene Klänge, die mich zurückhalten wollen. Stärker aber sind noch die Erinnerungen, sie wehen
in einem Wind vom Ende der Schlucht her, von dort her,
wo die Leere, der trockene Wasserfall ist. An diesen Erinnerungen entlang gelange ich nur immer zurück in bereits
Gewesenes, das ich nochmals und wieder durchlebe, weil
meine Mutter so früh starb, meine Kindheit keinen rechten
Abschluss fand. Und ich spiele Trambahn, laufe durch die
hohen Zimmer, wir wohnten im alten Rosshof, und die
Böden sind mit Riemen bedeckt, blank gescheuerten Holz-
brettern, die Wände sind gekalkt und fleckig. Ein graues
Licht fällt in die Wohnstube, wo bei dem einen Fenster die
Endstation meiner kurzbeinigen Trambahn ist. Dort, von

den Sprossen unterteilt, sieht ein rotes Sandsteingebäude zu
mir herüber, und Leute gehen und fahren auf der Straße,
Fahrräder, wenige Autos, auch noch Fuhrwerke, die Sonne
wirft glänzende Flächen aufs Pflaster, doch nur ich bin eine
Trambahn und fahre durch diese hohen, grauen Räume, allein, ohne Fahrgäste, denn mein Bruder ist gerade erst geboren worden, liegt in einem Korb und rührt sich nicht. Doch
dann steht im Flur zur Treppe ein dunkles Mädchen. Es
stammt aus Padua, heißt Giovanna und soll als Hilfe bei uns
wohnen. Giovanna ist achtzehn, hat große weiche Brüste,
an die ich mich schmiegen kann. Sie hält mich, wiegt mich,
sie singt von »den großen Tieren«, den papaveri, und dass
ich so klein sei, »e tu sei piccolina«: Sie half mir auf Bäume
klettern, baute mir eine Erdhütte unter einem Busch in der
Anlage bei der Hofstatt, wir stibitzten Äpfel vom Gemüse-
wagen, hockten stundenlang im Zoo bei den Löwen, waren
selber weiche, warme Tiere, und ich habe an den Fenstern
im Rosshof gestanden – es war Winter und die Straße grau,
die Bäume ein kahles Geäst –, als sie gehen musste, nach
Hause, nach Padua, ans Ende der Schlucht, wo der Fall ist,
wohin auch Mutter gehen würde: Und aus dem wolkigen
Grau kam ein Hall, deutlicher als zuvor, eine Stimme, die
auf mich einredete und wie ein Kinderlied klang, das mir
vertraut war, ohne dass ich es durch das hallende Echo hindurch erkannte: Doch die Laute waren Rottöne, warm wie
Giovannas Berührungen, leuchteten Gelb wie Sommer, und
die Erdfarben waren weich wie ihre Brüste, und der Hall
senkte sich herab, weckte das Verlangen, wieder hinaus aus

der Schlucht zu gelangen, hinauf in ein Umfangen- und Gehaltensein durch Licht, Farben, Klänge, durch Giovannas Arme, doch die Felswände waren steil, meine Angst groß, wozu, wozu nochmals die Anstrengung auf mich nehmen, da ich auch bleiben und warten konnte, bis mich keine Bilder mehr hielten?

60 Augen

Doch Lia war stumm, als sie erwachte. Sie hatte keine Worte, um zu sagen, wie es dort gewesen war, wo sie sich aufgehalten hatte und von wo sie nun versuchte, zurückzukommen: Die Lider begannen zu zittern. Zwei, drei Mal wendete Lia das Gesicht von der einen zur anderen Seite, wie in einer noch nachfolgenden Erinnerung an das Schlagen, das Hin- und Herwerfen des Kopfes, dann glitten die Lider, diese blasse, wie bereits abgestorbene Haut, langsam und wie unter einer großen Anstrengung hoch, gaben die dunklen Augen frei.

Es war am späten Nachmittag, gegen siebzehn Uhr gewesen, und Emile, der sich entschlossen hatte, an diesem – dem letzten – Tag auszuharren, nicht wie gewohnt um die Zeit nach Hause zu gehen, sondern abzuwarten, weiter zu hoffen, auf sie einzusprechen, ja Lia zu rufen, zu beschwören, doch endlich zurückzukommen, Emile brach in einen

Jubel aus, in einen bewegungslosen, tief inneren Jubel, gebeugt über Lia, als sie zum ersten Mal seit jener Nacht sich bewegte, den Kopf wendete, die Lider zu zittern begannen, er wieder ihre Augen sah, die dunkle Iris, die geweitete Pupille, in der er sich selbst so fern, so klein wie ein Insekt im Bernstein gespiegelt fand. Dieser Spiegel, noch eben dunkel und leer, begann sich zu füllen, als quelle und dränge aus einer tiefen Spalte ein Beleben herauf, gäbe den Augen ein Schauen und Erkennen der äußeren Wirklichkeit zurück, und Emile hielt mit beiden Händen ihr Gesicht, sagte: – Gott-sei-Dank, Gott-sei-Dank! Er lächelte. Doch in den ihm so vertrauten Blick kam ein Erschrecken. Die Augäpfel begannen zu zucken, als suchten sie nach einem Ausweg, aus dem Erschrecken war Panik geworden. Sie wollte reden, doch es kam kein Laut, sie wollte schreien, doch es blieb stumm. Verstört sah sie ins Krankenzimmer, zerrte dann den Arm unter der Decke hervor, hob ihn mühsam hoch, deutete mit dem Zeigefinger auf sich selbst, machte dann ein Zeichen der Verneinung, in dem sie die Hand hin und her schwenkte, hin und her, wie sie es mit dem Kopf getan hatte, vor fünf Tagen, als Emile durch das Schlagen erwacht war und sie stöhnend neben dem Bett gefunden hatte: Mit mir ist es nichts mehr, Emile, nichts mehr.

61 Zettel

Aphasie – sagte der Arzt, und: – Man wird sehen. Auch sagte er, dass achtundneunzig Prozent der Männer ihre Frauen nun verlassen würden. – Damit müssen Sie sich abfinden! Dann machte er auf dem Flur ein paar Schritte, zeigte Emile, wie Lia »im besten Fall« gehen würde, nach Rehabilitationsaufenthalten und Therapien, fasste mit der rechten Hand die linke, schlenkerte das Bein nach außen, setzte es auf, ließ das Gewicht darauf fallen, dass der Körper seitlich einknickte. Hemiplegie, einseitige Lähmung. Emile war verlegen, er wusste nicht recht, was der Arzt ihm demonstrieren wollte, spürte nur, er müsste über die Art, sich zu bewegen, erschreckt sein und endlich begreifen, was dies an Folgen zu bedeuten habe. Emile aber verstand nur, dass Lia würde gehen können, das versprach doch Fortsetzung, eine Normalität sogar, auch wenn sie eingeschränkt wäre. So sagte er bloß: – Aha, ja gut! Gut! was den Arzt zu einem abrupten Innehalten brachte: – Gar nicht gut! Nein, gar nicht gut! Dann wandte er sich ab, ging den Flur hinunter, verschwand im Tageslicht, das vom Ende des Flurs hereindrang, und Emile stand da, in der Hand die Zettel, die er dem Arzt hatte zeigen wollen.

Lia hatte gestern Abend, nachdem sie auf sich gezeigt und die Hand verneinend geschwenkt hatte, die Augen geschlossen, hatte sich auch nicht gerührt, als Emile ihr über das Haar und die Wange fuhr, doch jedes Mal, wenn sie kurz die Lider hob, kam dieses Entsetzen erneut in ihre Augen. Schließlich legte sie Mittel- und Zeigefinger an den Daumen, als wollte sie schreiben, und es war auch unverkennbar ihre Handschrift, mit der sie aufs Blatt krakelte. Doch die Buchstaben wiederholten sich, wurden ineinander-, auch übereinander, geschrieben, ein nicht zu entzifferndes Gekritzel. Lia reichte Emile einen Zettel nach dem andern, von denen er nur ablesen konnte, dass sie versuchte, ihm das Entsetzen mitzuteilen, es offenbar in Mundart tat und in stotternden Wiederholungen von Silben, die am Ende einer Zeile in einen Strich absackten. Emile vermutete anhand der verzogenen, sich wiederholenden Buchstaben und Silben, dass Lia auch das Zimmer, die Einrichtungen, die Fenster verzerrt sehen müsste. Jedes Ding existierte für sie in Verdoppelungen, die sich überlagerten und gegenseitig überschrieben, lichthell nach links abfielen, eine schiefe Geometrie, die als ein weggerutschter, in die Tiefe gestürzter Teil ihrer selbst im eigenen Kopf und Körper den Ursprung hatte.

62   Labyrinth

Lia würde ihn künftig nicht mehr verlassen, wie sie es in der Vergangenheit schon einmal getan hatte. Sie wäre jetzt stets und überall auf seine Hilfe angewiesen, doch Emile begann zu begreifen, dass diese ihm so unerwartet zufallende Sicherheit den Preis hatte, nicht mehr zu wissen, wer das war, der ihn nicht verlassen konnte, wie er stets befürchtet hatte, wenn Lia, wieder von einem Kollegen fasziniert, ihren Gefühlen unverhohlen nachgab. Sie würde jetzt jemand sein, den er nicht kannte.

Emile eilte durch das Quartier mit den Villen, als hätten die Fassaden und Gärten ihre verlangsamende Kraft eingebüßt, als wäre die Schwere des Ganges, die sich mit jedem Tag mehr in seine Schritte einzunisten begonnen hatte, durch Lias Erwachen hinfällig geworden: Er würde keine Tote auf seinem Weg mittragen müssen, keine lebenslange Schuld mitschleppen, wie dies der Großvater seit den Kriegstagen getan hatte. Er konnte gehen, ohne das eine Bein nach außen zu schlenkern, ohne einzuknicken, und doch würde ein Teil auch in ihm abbrechen und in die Tiefe stürzen: Die gemeinsamen Jahre mit Lia, die auch die Zeit am Institut und seiner Studien gewesen war, doch müsste er sich diesem Rutschen und Gleiten überlassen, weg vom Gewesenen, hin zu der *Insel* – wie er an Klara geschrieben hatte – *schwebend über dem Wasser, doch erfüllt von einem Licht, wie ich es zuvor nicht gesehen hatte.* In Emiles Kopf fieberten und stotterten Sätze, er könnte, weil es nun eine Sicherheit gäbe, Lia zurückgekehrt sei und leben würde, sie ihm also doch erhalten bliebe, nochmals, anders und von Neuem beginnen, nochmals wieder, neu wiederholen, überdecken, überschichten, überschreiben, doch jetzt mit Klara, in Lias verjüngter Gestalt – und getrieben kam Emile an der Trottenstiege an, wollte, wie die vergangenen Abende auch,

Wurst, Käse und Butter aus dem Kühlschrank holen, ließ es bleiben, zog wieder Mantel und Schuhe an, würde dorthin gehen, wo er Klara zu finden hoffte, *bereit, schon die Grenzen zwischen den Körpern fallen zu lassen, sich hinzugeben, an einen Rausch im andern.* Und Emile setzte sich ins Auto, fuhr eine knappe Stunde nach der Kleinstadt am See, zur »Kornschütte« – und nun war er es, der oberhalb von ein paar Stufen, unter einem Bogen stand, wie Klara damals beim Ball. Und Emile blieb auf dem erhöhten Absatz am Ende einer gewundenen Treppe stehen, sah in den gewölbten Kellerraum hinein, in dem eine Party im Gang war. Scheinwerfer zogen von der Decke her breite Lichtbahnen in die rauchige Luft. Es roch nach Schweiß und Parfüm. Joe Wiesner, den er von früher her kannte, hockte am Klavier, hämmerte in die Tasten, während Paare tanzten, andere am Bartresen standen, redeten und lärmten. Klara saß an einem Tisch im hinteren Teil, in einer Runde von Gästen. Sie redete und lachte, schaute unvermittelt zu ihm hoch, hielt in der Bewegung ihrer Arme inne, sah ihn erstaunt und auch erschreckt an, dann weiteten sich ihre Augen, bekamen diese weiche Einlässigkeit. Auch er trat für sie unerwartet aus einem Labyrinth, und im Blick lag ein Erkennen und gegenseitiges Einverständnis, das einen Moment lang den Lärm wie erlöschen ließ, die tanzenden Paare, die erhitzt und berauscht von der Musik und den eigenen Bewegungen waren, zu einer verstummenden Langsamkeit dämpfte. Doch Lärm und Trubel kamen sogleich und heftiger zurück, als Emile den Blick einer Rothaarigen bemerkte, deren Gesicht blass und sommersprossig war. Die Lippen hatte sie dunkelviolett geschminkt, und die krümmten sich sehr langsam zu einem Lächeln, das abschätzig war. Ihre nachtschattigen Lider senkten sich über einen schmalen, verächtlichen Blick, dann wandte sie sich ab, dass ihr kupferrotes Haar über die nackte Schulter wischte. Emile kannte Ilona nicht näher, doch sie war auf all den Partys gewesen, die er mit Lia besucht hatte, eine auffällige, reizvolle Frau, Anfang dreißig, mit der er jedoch nie bekannt geworden war.

Klara, als wolle sie neue Getränke holen, stand auf, ging hinüber zur Bar, und ihre Bewegungen wirkten eckig, fast unbeholfen gegenüber Ilonas hochhackigem Gang, die neben Klara trat, mit einer raschen Kopfbewegung die Haare zurückwarf. Emile stieg die Stufen hinunter, mischte sich unter die Leute, begrüßte einen Bekannten, der nichts von Lia zu wissen schien, an den sich Emile hielt, um bei anderen Gästen, die von ihrer Erkrankung gehört haben mochten, keine Auskünfte geben zu müssen, beobachtete dabei unruhig, wie Ilona auf Klara einredete, ganz unvermittelt diese in die Arme schloss, ihre Hände sanft um Klaras Kopf legte, sie sehr zärtlich auf die Ohrmuschel küsste, dabei die Lippen bewegte, als würde sie ihr etwas zuflüstern. Dann wandte sie sich ab, räumte entschieden das Feld, um Emile nun endlich Gelegenheit zu geben, sich neben Klara zu stellen, was er denn auch tat, als folge er bereits einem fremden Willen.

– Warum bist du hergekommen?, flüsterte sie. Ist etwas mit Lia geschehen? Und in Klaras Augen waren Furcht und Neugier, eine Hoffnung auch, die sofort erlosch.

– Sie ist gestern Abend erwacht.

Und Klara ließ die Schultern fallen, atmete heftig aus, sagte:

– Gott-sei-Dank! Sie wird leben.

Und Emile hörte eine kleine, kaum nennenswerte Enttäuschung in Klaras Worten, die wie bei einer geringen Drehung am Kaleidoskop ein anderes und überraschendes Muster ergibt:

– Wie viel Zeit wird uns bleiben?

63   Kammer

Klaras Frage stieß einen Raum auf, den es zuvor nicht gegeben hatte, der jedoch gleichzeitig die Weite einer Landschaft, erhofft am Horizont wie eine Fata Morgana, auf vier Wände zusammenzog, zu einer Kammer, die herausgelöst aus den täglichen Verpflichtungen ihnen nun gehören würde, doch begrenzt war durch die Zeit, die Lia in der Klinik noch verbringen müsste – drei Wochen mindestens, wie der Arzt gesagt habe, danach hätte sie zur Rehabilitation zu fahren, an einen noch zu bestimmenden Ort, er rechne mit einem zweimonatigen Aufenthalt –: Ein Raum, gezimmert aus Tagen und Wochen, die ihnen verbleiben würden, mit einer in den Frühling hinein sich ändernden Tapete, doch ohne Aussicht auf mehr als eine *amour fou*, die in den Sommer reichte. Dafür müsste nichts aufgegeben, nichts wirklich verändert werden, und diese Kammer aus begrenzter Zeit würde es leicht machen, aus den Niederungen nebelgrauer Wintertage zu schwebenden Inseln zu gelangen, die umso höher in den Lüften treiben müssten, je enger die Kammer würde, deren Größe und Ausstattung jetzt das Aussehen von Emiles Arbeitszimmer annahm. Hier und nicht im Schlafzimmer, das für Emile noch zu sehr ein Teil von Lia und ihrer Verletzung war, würden sie den Rest der Nacht zubringen. Klara hatte Tee gekocht, Orangenblütentee, dunkelgelb und stark gesüßt, während Emile, nachdem er den Eisenofen kräftig eingefeuert hatte, auf der Schilfmatte davor Decken und Duvets ausbreitete, in der Wohnung Kissen zusammentrug und ein Schaffell hereinbrachte, um ein Lager zu bereiten, das da zwischen Kasten und Büchern, unter dem Schein einer einfachen Birne sich fremdartig und wie einer früheren Zeit entlehnt ausnahm. Noch war in ihren Kleidern der Geruch der Party, hafteten an ihm die Bilder der tanzenden Paare, der lärmenden Leute an den Tischen und an der Bar, und Klara und Emile legten in dem überheizten Zimmer die Kleider ab, langsam, als müssten sie sich von dem Geruch, von den erinnerten Bildern lösen – nackt und unschuldig werden, um lustvoller das Verbotene zu tun, das auch das Verheimlichte bleiben müsste.

64 Tasten

... und es ist, als sänke alles Gewesene hin, löste sich auf, und ich fände mich im Tasten wieder, in einem warmen Dunkel der Berührung, die suchend ausgeht nach der Form, der Wölbung und glatten Haut, zu einer noch ursprünglichen Erfahrung davon, was das ist: Körper, dieser aus sich bestehende Widerstand von Festigkeit und Weichheit, über den hin die Hände gleiten, nachgiebige Rundungen, die Keime zu Landschaften sind: Hügelzüge und die Weite von Feldern, über die der Wind geht, das Gras sich in Wogenzügen unter den Wolken wiegt, ein heftiger Atem die Blätter der Bäume erschauern macht, und die Ströme fließen zusammen, ruhig ziehendes Wasser, das sich als ein Berühren mitteilt, ein Gleiten über die Haut, eine Reibung, die Farben mischt zu einem Garten aus Lust, zu einem gelblich leuchtenden Grün von Wiesen, in das die Tiere ziehen, der Hirsch und der Löwe, das Schwein und das Pferd. Die Vögel fallen ein, und die Beeren erhitzen sich zu einem Rot, reif und übergroß, bis sie platzen. Und die Frucht fällt so rund, so süß und endgültig, dass nichts bleibt als der Geschmack und die Rückkehr in all das Gewesene, das wieder aus dem Schein der einfachen elektrischen Birne herauftaucht: der Kasten, die Schilfmatte, der Ofen, die Bücher, die Wörter.

65   Sexualität

– Ich bin schizophren, sagte Lia leise, fast flüsternd, ich sehe alles doppelt und dreifach, das Zimmer, die Betten sind verzerrt, wie auch du, Emile. Ich sehe dich aufgespalten in zwei, manchmal drei Emiles, die übereinander schief und verschoben liegen, ich kann nicht sagen, welcher du wirklich bist, und Lia schloss die Augen, lag da mit einem Ausdruck von Schmerz im Gesicht, den sie während des Komas nicht gehabt hatte.

Die Wörter waren langsam und angestrengt von den Lippen gekommen, doch sie konnte reden. Das Sprachzentrum sei unverletzt geblieben, sagte der Arzt, das bei Rechtshändern in der linken Hirnhälfte liege, während bei Frau Schelbert die Blutung sich in der rechten ereignet habe, also eine linksseitige Lähmung produziere, von der man nun sehen müsse, wie weit sich die Innervierung der Muskeln regenerieren werde, etwas, worüber man keine Prognose abgeben könne. Die nächsten Tage brächten mehr Aufschluss darüber, wie viel Aktivität in den einzelnen Muskelgruppen noch vorhanden sei.

Emile kehrte nach der Unterredung mit dem Arzt den Flur entlang in Lias Zimmer zurück, das Licht der Neonleuchten war diffus, er fühlte sich unausgeschlafen, trüb wie das Nebellicht, das durch die Fenster fiel. Klara war früh zum Zug gegangen, sie musste nach Hause fahren, ihre Schulmappe holen – und eine Ausrede sollte mir auch noch einfallen –, während er eine Stunde vor sich hin gedöst hatte, mehr Weigerung, in den Alltag zurückzukehren, als noch Schlaf. Doch schließlich war er aufgestanden, hatte Kaffee gekocht, die Decken, Duvets, die Kissen und das Schaffell weggeräumt, und während er in der Wohnstube am Schiefertisch saß, hatte auch er nach Ausreden vor sich selber gesucht. Er hätte doch ein Anrecht auf dieses »gänzlich Unwahrscheinliche«, wie Steinitz in seiner lächerlichen Geschichte es genannt hatte, sich nämlich vom Leben und in einer anderen Zeit wiederberühren zu lassen, heraufgeholt zu werden aus den Sedimenten der vergangenen Jahre, die ihn so festgelegt und in ein wachsendes Dunkel gebannt hätten – und musste nun die paar Schritte von der Tür zu Lias Bett, zu dieser ganz anderen Berührung tun: Emile fuhr ihr über das Haar, legte die Hand auf ihre Wange, und sie sah ihn an, mit einem Blick, den er nicht kannte, ein hilfloser und kindlicher Blick:

– Ich bin kaputt, Emile. Es gibt keinen Sinn mehr.

Und Lia legte den Kopf zur Seite, rieb sich zwischen den Beinen in rhythmischen Bewegungen, die ihre Züge entspannten, sie abdriften ließen, als wäre sie von einer Strömung erfasst, die sie weg aus diesem Zimmer, aus diesem Dasein, fort von ihm trieb – und er sah auf Lia, verstört, beschämt vor sich selbst, vor den Heimlichkeiten seines Arbeitszimmers, voll Pein dem Personal gegenüber, als wäre er es, der sich befriedigte. Er redete auf sie ein, versuchte, sie abzubringen, ohne dass sie seine Worte zu hören schien, während der Arzt, der von einer Pflegerin gerufen worden war, mit unbewegtem Gesicht zu Emile bemerkte, das werde sich geben, es sei ein letztes Aufflackern der Sexualität: Damit müssen Sie sich abfinden –, bevor sie erlösche. Auf den ärztlichen Appell: – So Frau Schelbert, jetzt hören wir damit aber auf! wandte Lia mühsam den Kopf, als müsste sie von weither zurückkommen, weil wiederum eine Anmaßung sich anheischig machte zu bestimmen, was Recht und Ordnung sei, und unter ihren Lidern hervor traf den jungen Arzt ein Blick von abgründiger Amüsiertheit:

– Wir?, sagte sie. Sie meinen, auch Sie müssen damit aufhören? Und nur ihre rechte Gesichtshälfte verzog sich zu einem Lächeln:

– Ich habe nicht für die Rechte der Frauen gekämpft, um mir von Ihnen sagen zu lassen, wann ich masturbieren darf.

66 Versteck

Ihre Körpermitte war verloren. Sie hatte sich in die gesunde Seite verschoben, als bestünde Lias Körper noch aus zwei Vierteln ihrer rechten Seite, während die linke Hälfte, die an ihr hing, gelähmt und wie ein nasser Sack, vergessen war: Lia wollte von ihr nichts mehr wissen, der Teil ihres Körpers hatte sie im Stich gelassen, nun ließ auch sie ihn im Stich: Den Arm und die Hand, das Bein und den Fuß, das halbe Gesicht, das unter ihrem Haar unbeweglich hing.

Lia sah in den Spiegel, den die Therapeutin vor sie hin hielt, und lächelte. Sie sah nur die gesunde Seite, die andere gab es nicht.

– Sie werden mich nicht unter dem Bauwaggon hervorholen, sagte sie, und Emile brauchte einen Moment, um zu verstehen. Er begriff, dass die rechtshälftige Lia, die andere, die hilflose und gelähmte, jetzt in ihrer linken Körperseite versteckt hatte. Dort wäre ihr geschützter, sicherer Platz, und der wurde verdunkelt durch den äußeren Sehwinkel ihres linken Auges, das zur Hälfte blind geworden war. – Dort gibt es mich nicht mehr, sagte sie zur Therapeutin, die ihren Arm zu mobilisieren versuchte, Sie bemühen sich umsonst.

Doch man müsse sie hervorzerren. Ohne Mithilfe der Patientin, so wurde Emile erklärt, ohne das allmähliche Zurückschieben ihrer Mitte aus der rechten Körperhälfte, bestehe keine Hoffnung, dass sich die Wahrnehmung normalisiere, die paralysierte Seite sich aktivieren lasse, ein Gehen, wenn auch sehr eingeschränkt, möglich würde. Emile stand hinter diesen jungen Mädchen, die kaum älter als Klara waren, weiße Mäntel trugen und gelernte Sätze sagten: – So, Frau Schelbert, heute wollen wir den Arm bewegen, doch zuerst setzen wir uns an den Bettrand. Emile sah über die blonden und dunklen Scheitel hinweg Lias schiefes Gesicht, den Kopf nach rechts gedreht, einen Ausdruck in den Augen, der stumpf und dumpf war, von Schmerz getrübt, sich jedoch plötzlich hob, Emiles Blick mit einer Amüsiertheit, aber auch Verachtung erwiderte, die hießen: – Das sind alles

so unglaublich »dummi Sieche«, die einfach gar nichts verstehen. Ich habe jetzt ein Anrecht, nicht mehr berührt zu
werden! Und Emile nickte, lächelte und sagte: – Und trotz-
dem, Lia, du musst sie machen lassen, du musst mithelfen.
Wir müssen doch wieder ganz gesund werden.

67   Repetition

Emile lief von der Klinik geradewegs zu seinem Wagen,
um nach dem Städtchen zu fahren, wo er Klara in einer
Gesellschaft wusste, die sich nicht nur an Partys oder zu
Konzerten in der »Kornschütte« traf. In ihm klang nach,
was er leichthin zu Lia gesagt hatte, dass *wir* wieder gesund
werden müssten, doch die Ironie war aus den Wörtern gewichen, das Gesundwerden bezog sich nun ausschließlich
auf ihn selbst und diente zur Rechtfertigung, in das ver-
schlafene Städtchen zu fahren. Er wollte Klara treffen, mit
ihr den Abend in der Kellerbar verbringen, gemeinsam mit
ihren Bekannten, die regelmäßig dort anzutreffen waren:
Karl Fehring, der Arzt und ein bekannter Politiker war,
mit seiner Frau Sina, Sarah Dreyfuss, Sängerin einer Rock-
gruppe, Fritz Fankhauser, ein Photograph, und seine Frau
Billy, die in der Altstadt eine Galerie betrieb, Joe Wiesner,
der hervorragend Jazz spielte und als Anlageberater in einer
Bank arbeitete, dazu Gäste, die eher gelegentlich herkamen

wie Ilona oder Brandeis, der Redakteur der lokalen Zeitung. Und wieder stand Emile auf dem Absatz über den Stufen, sah mit einem plötzlichen Unbehagen in den von Zigarettenrauch und Stimmen erfüllten Raum, als wäre er in eine der stotternden Repetitionen von Lias Wahrnehmung geraten, *in der jedes Ding in Verdoppelungen existierte, die sich überlagerten und gegenseitig überschrieben.* Wie während der Party zerflossen für einen Moment Klaras Züge, als sie ihn bemerkte, legte sich ein Lächeln um die Lippen, die Augen wurden groß und einlässig, doch diesmal war es nicht Ilona, die ihn beobachtete. Als Emile die Stufen in den Raum hinunterging, kam Nick auf ihn zu, der an der Bar gestanden hatte, ein hübscher Junge mit großen, sehr lebendigen Augen, temperamentvoll und begabt mit einem Witz, der sich in unbändiger Lachlust äußerte. Emile kannte ihn erst seit Kurzem, Klara hatte ihm erzählt, sie sei seit den Kindertagen mit Nick befreundet, habe oft bei ihm übernachtet und manchmal eine ganze Woche bei den Landolts, sein Vater sei ein bekannter Anwalt, verbracht: – Ihr Haus über der Stadt ist »sensationell«, mit einem Blick bis zu den Alpen. Nick war vor einem halben Jahr von der Schule geflogen, hatte eine kaufmännische Lehre in einer Bank begonnen. Doch die würden ihn nicht allzu lange im Tresor behalten, sagte er zu Emile, der sich nach seinem Befinden erkundigt hatte. – Ich habe mich eben an einer Schauspielschule zur Prüfung angemeldet, und während sie an die Bar traten, Emile für sich und Nick Cola mit Rum bestellte, rückte er nahe zu ihm hin, seine Stimme nahm einen verschwöre-

134

risch vertraulichen Ton an. Das mit der Schauspielschule, der Prüfung, die schon in ein paar Wochen sei, wüsste allerdings niemand, nicht einmal seine Mutter – um Himmels willen, die schon gar nicht –, allerdings wüsste ja auch niemand, was zwischen Emile und Klara sei, außer ihm natürlich, denn sie habe ihm alles erzählt: – Ich bin nämlich Klaras Alibi. Und eine Belustigung kam in Nicks Kulleraugen, er spitzte seine weichen, vollen Lippen, drängte sich noch näher an Emile, dass dieser die Wärme seines Körpers spürte. – Klara sagt ihren Eltern, wenn sie zu dir fährt, sie übernachte bei mir, wie das früher ja oft vorkam, und ihre Eltern glauben, dass wir auch miteinander schlafen. Klaras Mutter lächelt mich immer ganz verständnisinnig an! Nick lachte hell auf, um gleich wieder vertraulich zu werden: – Das haben wir auch versucht, noch bevor Klara die Affäre mit Fehring hatte, doch es geht nicht. Wir haben es nie geschafft. Dann zuckte sein Gesicht zusammen, die Augen glitten hin und her, als suchten sie eine Ritze, um in Emiles dumpfe Betroffenheit zu dringen. – Du hast das mit Fehring nicht gewusst? Scheiße, tut mir leid, echt, ich habe doch gedacht, du weißt das, obschon man es natürlich nicht wissen darf, schließlich ist er ihr Arzt und erst noch Politiker, und Klara war gerade erst sechzehn! Emile blickte von der Bar zum Tisch, wo noch immer Klara bei ihren Bekannten saß und sich eben zu Karl Fehring hin neigte, mit einer ebenso versteckten Vertraulichkeit, die auch in ihrem Blick gewesen war, als er auf dem Absatz über den Stufen gestanden hatte. Doch nun galt sie dieser »Persönlichkeit«

mit angegrautem Haar, älter als er selbst, zumindest dem Aussehen nach, und in das Unbehagen, das er empfunden hatte, als er eingetreten war und sich in einer stotternden Repetition von Lias Wahrnehmung gefühlt hatte, drängte sich nun noch eine Trübung wie aufgerührter Schlick.

68   Teich

Er würde sich wieder in sein Auto setzen, in einer halben Stunde vielleicht, die er mit Nick an der Bar noch zubrächte. Er führe nach Hause, ohne Klara, die sich bestens amüsierte und später – um keinen Verdacht zu wecken – die Gesellschaft mit Nick verlassen würde. Er säße allein im Wagen, spähte durch die von Frost freigekratzte Scheibe auf die beleuchtete, von spärlichem Verkehr befahrene Straße, und schon jetzt, während er mit Nick im Lärm und Rauch an der Bar stand, erfüllte ihn dieses Gefühl, wie es sein würde, durch das menschenleere Industriegebiet der Vororte zu fahren, durch öde Schattenhaftigkeit und leblose Geometrien, unter einem von Straßenleuchten aufgerauten Nachthimmel. Und er beträte die Wohnung an der Trottenstiege, in der es Lias Schlafzimmer, sein unbenutztes Arbeitszimmer und den Schiefertisch in der Wohnstube gab. Er würde am Tisch über dem nachtschwarzen Stein sitzen, noch eine Tasse Orangenblütentee trinken, aus deren Duft die Erinnerung an jene *Beeren, reif und übergroß* zurückkäme, die in dem Garten wuchsen, der allein ihm versprochen war, jetzt aber von anderen, ihm fremden Menschen und Paaren bevölkert wurde, auch sie gierig nach der Lust, *und es bricht die Frucht, fällt so rund, so süß und endgültig, dass nichts bleibt als der Geschmack,* doch der war bitter von Neid, von Eifersucht auf Fehring, auf noch unbekannte Schatten, aus denen die Kröten, Urfische und gefiederte Echsen wie aus dem schwarzen Teich krochen, als hätten ihre Skelette im allmählichen Aufsteigen ihre Gestalt zurückbekommen, kröchen nun aus dem Schiefer, in den er am Tisch hinabblicken würde, wenn er, zu Hause angekommen, noch ein Glas von Klaras Orangenblütentee trinken würde.

69   Jungbrunnen

… und aus dem Erinnern an Garten und Lust wachsen mir Pflanzen zu, blühen auf, tragen Früchte, übergroß, von fleischiger Süße, und ich finde mich in einer gläsernen Kapsel über Teich und Wasser, geschmiegt an Deinen Körper in dieser Beeren-Einsamkeit, so schrieb Emile, nach dem er gegen Mitternacht in die kalte, ungeheizte Wohnung zurückgekommen war. Er trank keinen Tee, setzte sich auch nicht an den Tisch in der Wohnstube: Er wollte ein weißes Blatt vor sich haben,

leer und unbeschrieben, das er mit Sätzen bedecken könnte, um Klara zu beschwören, um sich selber vor der Eifersucht zu schützen, schrieb mit klammen Fingern und müdem, fiebrigem Kopf: *Und doch haben wir in der Berührung eine Gemeinsamkeit erfahren, die aus allen Zeiten besteht, so wie im weißen Licht alle Farben sind. Durch sie kehre ich zurück an den Ursprung jeder Form, finde mich in frühen Schichten wieder, zeichne auf Deine Haut die Blätter der Palmen, den Mäander der Schlange – und wir sind in dem Garten, auf den Wiesen, unter brechenden Früchten und Samen, wo der Brunnen in leuchtende Himmel ragt, umflattert von geflügelten Göttern wie große Libellen, der Fontänen von Lebenswasser ausspeit, die nie versiegen dürfen, weil im Augenwinkel, dort, wo wir blind sind, ein Teich sich einschwärzt, verdunkelt, den Geruch nach verrottenden Pflanzen, verwesenden Körpern zu atmen beginnt ...*

Und Emile, irritiert darüber, immer wieder die gleichen, letztlich nur entliehenen Bilder zu beschwören, ging zum Bücherregal, suchte den Kunstband hervor, in dem er das Triptychon Hieronymus Boschs finden würde, schlug die glatt bedruckten Seiten unter der nackten Birne seines Arbeitszimmers auf, sah auf die linke Tafel, auf der Gottvater Adam und Eva segnete, ihnen mit ausgebreiteten Armen den paradiesischen Garten gab, in dem doch schon zu ihren Füßen der Teich aufbrach, dunkel, voll zwittriger Wesen, und Emile floh zum Mittelteil, sah in dieses erregende, überbordende Lebensfest, ging von der gläsernen Kapsel über dem Wasser, in der ein Paar sich liebt – und die er in seinem Brief noch eben beschworen hatte –, zu jenem klaren

Teich der Erneuerung, umzogen von einem Reigen geritte-
ner Tiere, blieb mit seinem Blick auf dem Brunnen ruhen,
der in der hintersten Ebene des Bildes, mit seiner »Welten-
kugel« inmitten der vier wegströmenden Flüsse stand. Emile
beugte sich vor, um genauer zu sehen, roch das Papier, den
Druck und erkannte mit einem leichten Erschrecken, dass
auf dem Steg, der wie ein Äquator die Kugel am Fuße des
Brunnens umfasste – sieh nur genau hin – ein Mensch den
anderen am Arm aus dem ertränkenden Wasser zu ziehen
versucht …

70 Hochziehen

Und Emile bemerkte an der linken Schulter von Lia eine
kleine Kuhle. Ihr gelähmter Arm war aus dem Schulterge-
lenk gerutscht und begann an den Bändern zu hängen, und
ihre so glatte, weiche Haut, die noch immer eine leise Bräune
von den sommerlichen Ausflügen zum See bedeckte, bekam
vertikale Streifen. Sie rührten von der Spannung her, die
das Gewicht des Armes erzeugte. Die gelähmten Muskeln
vermochten das Gelenk nicht mehr ganz in der Pfanne zu
halten, und diese kleine Kuhle war wie ein erstes Zeichen
von etwas Unabänderlichem, das uneingestanden blieb, mit
Begriffen wie »dem Legen neuer Nervenbahnen« oder »der
Aktivierung von Gehirnarealen« mehr verschwiegen als

benannt wurde, und doch in der Hoffnung auf ein allmähliches Verschwinden der Lähmungen eine Stelle bedeutete, die »möltsch« war und »Subluxation« hieß.

– So, Frau Schelbert, jetzt komme ich zu Ihnen, und die Therapeutin trat an Lias Bett, in Schritten, welche die Schöße des weißen Kittels flattern ließen, sagte diese Wörter freundlich, mit lächelnden Lippen, während der Blick geschäftig über das Zimmer hinwegging, eine aufgelöste, in Teile zerfallene Figur, die von Lia aus ihrem Winkel heraus beobachtet wurde, als hätte sie einen weiten, leeren Platz vor sich geschaffen, über den hin nun diese bewegten Mantelflächen und -falten zu ihr her kamen, und das nicht unfreundliche, doch abwesende Gesicht in dem Geflatter sagte:

– Wir setzen uns jetzt auf, Frau Schelbert, immer über die linke Seite, Sie müssen sich an Ihre linke Seite erinnern. Und Lia hockte auf der Bettkante, schief und eingesunken, jammerte vor Schmerzen, schrie und schimpfte, während die Therapeutin den Arm bewegte, der einzig von den Bändern gehalten wurde und, obschon gelähmt, Lia noch Empfindungen spüren ließ, die in nichts denjenigen eines gesunden Armes entsprachen. Die junge Frau redete auf Lia ein, sie solle sich beherrschen, nicht so »dumm tun«, es gehe um eine Neuordnung in ihrem Gehirn, dass gesunde Teile die Funktion der zerstörten übernähmen, Nervenverbindungen wieder angelegt oder reaktiviert würden: Sie müsse die Bewegungen von Neuem lernen, was durch die beständige Stimulation geschehe. Doch für Lia war die Aufforderung, sich zu beherrschen, wie Hohn, sie empfand die Mobilisation ihres linken Arms als eine Vergewaltigung, und der Vorwurf, »dumm zu tun«, weil sie vor Schmerzen schrie, als eine Arroganz der Macht, die einem Leiden schon immer zum angeblich eigenen Besten aufzwingen wollte. Lia verweigerte sich, zog sich in ihr Versteck unter dem Bauwaggon zurück, in ihre Lähmung, hörte sich die Aufforderung der Therapeutin mit der Verachtung des Opfers an, das beschwatzt werden soll, sich auf die Seite der Täter zu stellen. Als kurz darauf eine Pflegerin hinzutrat, im gleichen Ton wie die Therapeutin zuvor sagte: – Ich muss Ihnen noch den Blutdruck nehmen, Frau Schelbert! Kam in Lias rechte Gesichtshälfte eine Spur von Ermüdung, sie blickte mit ihren dunklen Augen schräg durch die halbe gesunde Seite, sagte mit dieser Stimme, die noch jedes Wort einzeln hervorpressen musste:

– Wenn Sie mir den Blutdruck schon nehmen müssen, dann tun Sie es auch wirklich, und geben Sie ihn jemandem, der damit leben kann.

71   Neuronen

Musste nicht auch er neue Areale erschließen, weil die alltäglichen Muster sich verzerrt und verschoben hatten, sich noch immer in Bewegung befanden, als wäre ein Hang mit Häusern und Straßen ins Rutschen geraten? Sackte nicht auch ein Teil seines Lebens unaufhaltsam weg? Dass er nach dem Sabbatical nicht mehr ans Institut zurückkehren würde, war ihm lange schon klar geworden, nun aber lag ein Brief auf dem Schreibtisch, den der Besitzer des Hauses ihm geschrieben hatte, ein alter Mann, der als Junge ausgerückt und Jahre in den Backlands Australiens als Viehhirte verbracht hatte, nach der Rückkehr zu Geld gekommen war und das Haus an der Trottenstiege erbte, von seiner Mutter, die er auch als alter Mann noch verehrte. Die Briefbogen waren von einer großen, korrekten Schrift bedeckt, die Buchstaben hatten hochgezogene Oberlängen, die wie Pfähle eines Zaunes die Grenzen absteckten, in denen das Dasein seine Weide hat. Die stramm hinbefohlenen Wörter sagten, wie sehr er bedaure, dass Frau Schelbert vom Schicksal getroffen worden sei, dies vor allem aber ein Schlag für ihn selbst bedeute. Es habe ihm klar gemacht, wie rasch es dereinst gehen könne, der Mensch sei ein Gras, wie es in der Heiligen Schrift heiße, er aber wolle sich nicht vorstellen, eine Invalide im Haus seiner Mutter wohnen zu haben. Deshalb werde er das Haus veräußern, nicht wegen des Geldes, das er nicht benötige, sondern um sich von der Verantwortung, die eine Mieterschaft bedeute, zu entlasten: Emile müsse sich also über kurz oder lang nach einer neuen Bleibe umsehen, er sei willens, die Liegenschaft dem Meistbietenden zu überlassen.

Emile sah auf diesen Bogen und die Schrift. Man hatte ihm heute in der Klinik erklärt, wie durch die Bobath-Methode noch brachliegende Areale in Lias Gehirn erschlossen und aktiviert werden sollten, um ein Geflecht neuer Nervenbahnen und Verbindungen zu schaffen, das die jetzt ausgefallenen Funktionen ersetzen könnte, und Emile, den Brief vor sich auf dem Tisch, der klar und unzweideutig bedeutete, er hätte die Wohnung zu verlassen, den Ort, den er selbst einmal mit Lias Gehirn verglichen hatte, fragte sich, wo für ihn selbst die neuen, noch brachliegenden Areale seien, welche Bahnen er anlegen müsse. Und wie um eine Antwort zu geben, ohne dass es auch schon eine Entscheidung wäre, setzte er sich ins Auto, fuhr die Straße stadtauswärts, durch die Vororte und das Industriegebiet, erreichte eine Anhöhe, von wo der Blick zu den Bergen und in die Uferlandschaft des Sees ging, an dem die Kleinstadt lag, zu der Emile durch Karst- und Moränenhänge hinunterfuhr, um Klara zu treffen. Dort befänden sich vielleicht die noch unverbrauchten Lebensbereiche, würde sich ein neuer Wohnort finden, sich Beziehungsgeflechte ausbilden, welche das, was jetzt zerbrochen war und aufgegeben werden müsste, ersetzen könnten, wie dies der Neurologe anhand jener Heilmethode und Lias Gehirn erklärt hatte.

72   Geflecht

Emile besuchte die »Kornschütte«, saß für eine Weile in der gewohnten Runde am Tisch, verabschiedete sich jedoch früh mit der Bemerkung, er hoffe, keinen Strafzettel bekommen zu haben, sein Wagen stehe unter den Kastanienbäumen beim Kirchplatz. Dort würde Emile im Auto warten, bis Klara käme. Er brächte sie nach Hause, in einen Ort über dem See, doch würde er auch diesmal hoffen, dass Klara, wenn sie sich in den Beifahrersitz fallen ließe, ihm mit einem Blick ihr Einverständnis geben würde, statt zu ihrem Elternhaus an die Trottenstiege zu fahren.

Stattdessen schlug sie die Tür zu, seufzte und sagte verdrießlich, wie er es von ihr nicht kannte, sie habe die Heimlichkeiten satt. Schon bei Karl Fehring sei jedes Treffen mit Angst verbunden gewesen, hätten sie getrennt gehen und sich an einem verabredeten oder eben angedeuteten Ort treffen müssen. Sie möchte endlich eine Liebe offen leben. Bei der Stellung von Karl sei dies ganz unmöglich gewesen. Damals hätte sie allerdings auch nicht die clevere Idee mit Nick gehabt wie jetzt bei ihm. Nick liefere das perfekte Alibi, wenn sie zu ihm an die Trottenstiege käme, und ihre Mutter hätte auch schon einmal bei ihm nachgefragt, ob sie denn tatsächlich bei ihm übernachte. – Er hält absolut dicht. Nick hat mir schon vor einiger Zeit gestanden, dass er auf Männer steht, und wir haben nächtelang über unsere Nöte geredet. Ich, die ein Verhältnis mit einem Politiker hatte, der Katholik, Konservativer und auch noch mein Arzt war, und Nick, der sich vor dem Bekanntwerden seiner Homosexualität fürchtete, vor allem seiner Eltern wegen. Anwalt Landolt und Gattin würde der Schlag treffen. – Und so ist er jeweils nicht nur mein Alibi, ich bin auch seines, alle glauben doch, wir wären ein Paar.

Doch heute, dachte Emile, hätte sie sich mit Nick wohl nicht verständigt, er würde sie nach Hause fahren müssen, in den Vorort, auf den lang gestreckten Hügelzug, und während Emile die Straßenkehren hochfuhr, verlangsamte er wie schon an anderen Abenden die Fahrt, um den Moment hinauszuzögern, der eine kalte Verzweiflung vorauswarf. Er müsste unterhalb einer Siedlung von Einfamilienhäusern, hinter einer Scheune, die von Klaras Elternhaus nicht eingesehen werden konnte, halten und den Motor abstellen. Klara, die gesagt hatte, sie hätte die Heimlichkeiten satt, stiege aus, würde, weniger verdrießlich als um das Entdecktwerden fürchtend, den Pfad durch die Wiese hoch gehen, während er noch im Auto ein paar Minuten warten müsste, um keinen Verdacht zu erregen. Und wieder käme diese Unsicherheit zurück, die die Angst, von Klara verlassen zu werden, Zweifel, in diesem Geflecht von Heimlichkeiten selbst auch getäuscht zu werden. Was noch eben fest erschienen war, würde undeutlich, verschwommen und schattenhaft werden wie die Bäume unterhalb der Scheune, die in Nebel und Dunkelheit wegglitten, wenn er endlich sich aufraffen würde, den Motor zu starten und loszufahren.

Doch Klara, nach einem Schweigen, sagte unvermittelt

und obschon sie ein Stück Weg zu ihrem Elternhaus zurückgelegt hatten, er solle zur Trottenstiege fahren.

– Ich will heute nicht allein sein.

73   Instabilität

Emile beschleunigte den Wagen, fuhr von der Anhöhe durch ein sich verbreiterndes Tal hinab in das Industriegebiet und die Agglomeration. Als sie die Wohnung an der Trottenstiege betraten, Emile Licht in der Wohnstube und dem Arbeitszimmer machte, hatten die Räume, die nächtliche Stunde einen festen Umriss. Er heizte den Ofen im Arbeitszimmer ein, während Klara Tee in der Küche kochte, schleppte die Decken und Duvets an, um sie auf der Sisalmatte auszulegen, und die Wände standen in rechten Winkeln zueinander, nichts erschien ihm verzerrt oder so überwältigend schwierig, dass es nicht zu lösen wäre: Die Zeit nach Lias Aufenthalt im Krankenhaus, der Verlust der Wohnung, seine unsichere berufliche Zukunft, all dies würde sich klären, wenn nur Klara dabliebe, sie ihm Sicherheit und einen Halt gäbe, wie sie es jetzt tat. Die elektrische Birne in seinem Zimmer wurde gelöscht, eine Kerze brannte, und während Klara sich auszog, Emile auf den Decken hockte, berührte sein Blick ihren Körper, und der verführte ihn, weg aus diesem ihm eben erst sicher

gewordenen Raum in jenen Garten, den Emile in seinen
Briefen beschworen hatte, und er zeichnete auf ihrer Haut
gestrichelte Ornamente wie auf Schalen von Ton, malte
Zeichen, die Klara bannen sollten, um schließlich in einer
sich steigernden Ekstase Bilder und Formen zu zertrüm-
mern, sich in ein Koma aus Licht fallen zu lassen, aus dem
die Gegenwart zurückkam, langsam wie durch Nebel, die
jetzt jedoch ausgenüchtert, kalt, kantig war, dass Emile sich
an Klara klammerte, ihren schmalen Körper hielt, überwäl-
tigt von Furcht und einem plötzlichen Selbstmitleid, wie ein
kleiner Junge, der merkt, dass er, noch eben inmitten von
Menschen, nun allein auf einem leeren Platz zwischen den
Fronten sitzt.

74 Melodrama

Lia zog sich mehr und mehr in ihre Kindheit zurück, die für
sie identisch mit der rechten Körperhälfte war, als entwickle
sich das Körperbewusstsein von rechts nach links, fände erst
im Erwachsenenleben die Mitte, um die linke Seite auszu-
bilden. Doch von dieser jetzt gelähmten Hälfte wandte sie
sich enttäuscht und trotzig ab, ging vor den Tod der Mutter, vor alle Verletzungen zurück, um sich wenigstens dort,
in dieser Erinnerung, frei bewegen zu können, was ihr die
Gegenwart durch die Lähmung verwehrte. Emile musste

Chansons von Tucholsky, Holländer, Mehring auf Bänder überspielen, damit Lia die Musik hören konnte, die ihre Eltern auf dem damals neu erstandenen Grammophon nicht müde geworden waren, sich anzuhören. Die Lieder hatten Vater und Mutter an ihre Studienzeit am Konservatorium erinnert, an eine Zeit vor Terror und Krieg, als sie beide noch den Glauben an eine gerechte Gesellschaft hatten, und nun war es Lia, die versuchte, im Wiederhören der Lieder die Empfindungen und Gefühle ihrer Kindheit zu finden. Diese hafteten an den Texten und Melodien, lösten sich wie Bläschen aus den Klängen, stiegen aus der Vergangenheit auf, gaben platzend einen augenblicklichen *goût* der damaligen Atmosphäre frei, dem Lia – den Kopfhörer schief aufgesetzt – mit geweiteten Augen nachspürte.

Sie verlangte nach einer Aufnahme von d'Alberts »Tiefland«, einer Oper, die Emile unbekannt war und die er im Fachgeschäft erst bestellen musste. Lia wünschte sie mit großer Dringlichkeit zu hören, obschon auch sie das Werk nicht kannte: – Die Musik hat mit dem Ort zu tun, an dem ich gewesen bin, der Schlucht, sagte sie. Dort habe ich »Tiefland« gehört, vielleicht weil ich in Tiefland gewesen bin.

Emile überspielte die Schallplatten, als nach Tagen die bestellte Aufnahme eingetroffen war, brachte das Band Lia in die Klinik, die es sich mit dem Kassettengerät sofort anhörte. Doch bereits nach dem Prolog drückte sie die Stopptaste, zog mit einem Ausdruck von Widerwillen den Kopfhörer herunter, sagte, die Musik und mehr noch die

Handlung würden sie deprimieren. Er solle das Band wieder mitnehmen, sie wolle es nicht zu Ende hören.

Emile, der zu Hause die Zusammenfassung des Librettos in der beigegebenen Broschüre las, erschrak, fühlte sich ertappt, von Lia auch durchschaut. Sie hatte die Musik nicht weiterhören wollen, weil sie gespürt hatte, dass die Antagonisten der Oper, ein Despot und der von ihm abhängige Naivling, Aspekte von Emiles eigenem Handeln waren: Der gewissenlose Gutsherr Sebastiano verheiratet seine Geliebte mit Pedro, einem Hirten aus den Bergen, um selber eine neue Verbindung einzugehen. Er zwingt jedoch die Geliebte, hinunter ins Tiefland zu ziehen, um nach der Heirat eines Mädchens auch dann auf sie nicht verzichten zu müssen. Emile, als er diese Zusammenfassung der Handlung las, war einen Moment lang von der Anlage des Stücks so betroffen, dass er sich selbst in der Rolle dieses Sebastiano sah, egoistisch und gewissenlos, nur auf seinen Vorteil aus, der eine geile Lust in lächerlich schwärmerischen Gefühlen für Klara verbarg. Er hatte Lia ins »Tiefland« gedrängt, war schuld an ihrem jetzigen Zustand, wenn diese Gewissheit ihm eher aus Gefühlen als aus begründbaren Fakten zukam. Er hatte ihre Lähmung mit verursacht, um sich dadurch ungehindert Klara zuwenden zu können, mit ihr zu schlafen, noch dazu in den eigenen vier Wänden, frei von einer Auseinandersetzung, die er sonst mit Lia hätte führen müssen. Und Emile, die aufgeschlagene Broschüre vor sich, kamen die Wochen seit der Ballnacht wie ein Melodrama vor, in dem er allerdings eine üblere Figur spielte, als er bisher schon angenommen hatte: Erstmals streifte ihn der Verdacht, in all seinen Inszenierungen läge auch ein Missbrauch von Klara, die er liebe, ohne jedoch auf Lia verzichten zu wollen.

75 Knoten

Emile, im Lichtkreis seines Schreibtischs, legte die Broschüre zur Seite, saß eine Weile da, dann sah er auf die Blätter seiner Studie, schob sie zusammen, die verrutscht und schon ein wenig staubig waren, las den Titel »Zur Bedeutung der Ähnlichkeit in der Systematik« mit einem verächtlichen Schnauben. Er würde diese unfertige Studie zu einem Packen binden, sie mit Artikeln und Unterlagen, die er noch im Institut abholen müsste, auf den Boden räumen, und während er langsam, auch ein wenig umständlich den Stoß Blätter verschnürte, hörte er Steinitz, dessen ironisch boshafte Kommentare ihn so oft amüsiert hatten, hörte dessen Stimme, wie sie zur Studienzeit gewesen war und die sich jetzt mit wienerischer Liebenswürdigkeit in seinem Kopf vernehmen ließ, Emile habe seine Studie über die Ähnlichkeit jetzt ja auch vom Papier ins Leben verlegt, wo er sie durchaus systematisch betreibe, einmal in der Analogie des Opernmelodramas, ein andermal in der Homologie eines großväterlichen Kriegstraumas. Nur sei es ein bisserl andersherum, er wiederhole nicht einfach das vorange-

gangene Schicksal, wie Emile selbst anfänglich befürchtet
habe, nämlich ein Leben lang belastet mit einer Toten zu
sein. Er ginge den umgekehrten Weg des Holzhändlers,
der als Einziger aus den Linien zurückgekehrt sei und sich
der Gefangennahme nur habe entziehen können, indem er
einen Franzosen, so jung wie er selbst, aus nächster Nähe
erschoss. Emile dagegen ginge für den Rest des Lebens in
Gefangenschaft, in ein »Camp« als Seelenlandschaft, das
er sich mit Stacheldraht, Baracken, Wachtürmen vorstellen
dürfe – ursprünglich eine englische Erfindung des Zweiten
Burenkriegs – und dieses Schutzgehege wäre abgesteckt
durch Lias Behinderung, durch die Hilfe, die sie benötigte,
in einer Wohnsituation, die er sich nicht ganz einfach ausdenken dürfe. Ihm wären von jetzt an klare Grenzen gesteckt, in einer Zeit, die keine anerkennen wolle, doch eben
nicht aus einer Freiwilligkeit, wie er sich selbst und noch
lieber andere glauben mache, sondern aus einem Gefühl
der Schuld: Er würde die Grenze zwar überschreiten, das
Gehege zeitweise verlassen, um auf der anderen, freien Seite
in einer scheinbaren Ungebundenheit die leicht beschwing-
ten Schritte seines anderen Großvaters anzunehmen, des
Diplomaten mit Stock, der stets ein wenig hinter der Zeit
einherflaniert sei und eine vornehme Vergangenheit zu seiner Lebensform gemacht habe, um die Not der Gegenwart
auf eine liebenswerte, jedoch verlogene Art zu kaschieren.
So sei das mit der Ähnlichkeit, die das ewig gleiche Muster – wie bei den Schädelknochen der Säuger – nur immer
variiere. Und Emile habe damit ja auch schon begonnen,

indem er nach den Besuchen im Spital sich ins Auto setze, abends nach der Kleinstadt fahre, um in der Gesellschaft der »Kornschütte« ein paar Stunden zu verbringen, Klara zu sehen, dort den charmanten Wissenschaftler zu geben, der herkomme, um ein wenig Ablenkung von einem schweren Schicksal zu finden, das sich in dem Kreis freundlicher Leute allmählich herumgesprochen habe: Von der Filmerin, die kurz vor einem Projektstart, noch so jung, keine vierzig, eine Hirnblutung erlitten habe, die er jeden Tag in der Klinik besuche, sie zu all den Therapien begleite, da sie allein durch ihn zu den Übungen überredet werden könne, Emile Ryffel, der an der Universität arbeite, stets ruhig, gelassen und nicht ohne Witz und Heiterkeit an den Abenden teilnähme – und niemand könne sehen, dass Emile, der seine Stelle zu kündigen beschlossen habe, Großpapa in seinen Gang und den Körper hole, um sich ein wenig Haltung zu geben, wie es dieser schon mit seinen Vorfahren getan hatte, nachdem alles verloren war, Vermögen und gesellschaftliche Stellung. Doch Emile wolle eben auch Klara gefallen, indem er ihren Bekannten gefiele.

Und Emile, am Tisch in seinem Arbeitszimmer, zerrte mit trotziger Wut den Knoten um das Bündel beschriebener Seiten fest.

76   Ohnmacht

Unter diesen Bekannten zirkulierte ein Interview, das Lia der Zeitung gegeben hatte, die an dem Tag ihrer Hirnblutung ein Bild und den Bericht über die Pressekonferenz veröffentlicht hatte. Doch zu den Fragen und Antworten war diesmal kein Photo abgedruckt worden: – Jeder Mensch möchte auch von seinem Aussehen her angenommen werden, hatte sie zu der Journalistin gesagt. Doch diesen Wunsch kann ich mir und den anderen nicht mehr erfüllen. Lia wollte nicht mehr abgebildet werden.

Können Sie beschreiben, wie es zu dem Zustand gekommen ist, in dem Sie sich befinden?

Sie haben recht, es ist ein Zustand, in dem ich mich befinde, ein schlechter, wie Sie sehen. Heute weiß ich, dass es Vorzeichen gegeben hat, die mich hätten warnen sollen: Doch mit der Vorstellung einer Lähmung verband ich Alter, also etwas, das weit weg von mir schien, in einer noch fernen Zukunft. Jetzt bin ich alt und gleichzeitig ganz jung, in einem Zustand, wie Sie sagen, der rundum auf Hilfe angewiesen ist.

Wie empfinden Sie die Hilflosigkeit?

Ich trage eine Tote mit mir herum, die ich selber bin. Ich mag sie nicht, sie ist keine Freundin. Wir machen zwar täglich Wiederbelebungsversuche durch Training und Therapie. Meinem lebenden Rest bereitet dies lediglich Demütigungen: Ich bin enttäuscht, dass ein Teil meiner selbst sich als unzuverlässig erwiesen hat. In allen Situationen, die mich als freischaffende Filmerin oft an die Grenze der Existenz geführt haben, konnte ich mich wenigstens auf mich und meinen Körper verlassen. Jetzt musste ich erfahren, dass auch das nicht stimmt.

Sie machen aber doch auch Fortschritte?

Ja, Fortschritte im Akzeptieren meiner Ohnmachtsgefühle, im Annehmen, dass meine Wirklichkeit für andere nicht mehr nachvollziehbar ist. Sie halten mich für faul, weil ich nicht immer und immer wieder mein linkes Bein anheben will, zum Training der verbliebenen Muskeln, obschon ich doch gleichzeitig die Tatsache der Lähmung hinnehmen muss, und sie loben mich für eine Bewegung, die vor ein paar Wochen eine so große Selbstverständlichkeit gewesen ist, dass sie niemals einer Erwähnung wert gewesen wäre. Das Lob der Therapeuten, meiner eigenen Leute, ist Gewalt, die sie mir antun, eine Gewalt, die mich die Ohnmacht nur härter fühlen lässt und zugleich eine Normalität einfordert, wie es auch Ordnungshüter tun, nämlich bitte wieder der Norm zu entsprechen, das heißt funktionstüchtig und alltagstauglich zu sein, und mein Unvermögen als eine Art boshafter Obstruktion zu sehen, das ihre Werte gefährdet.

77 Prozession

Ein Teil des Schweigens, das zwischen ihnen gewachsen war, fand in dem Interview einen Ausdruck. Auch Emile zählte offenbar zu den »Leuten«, die sich auf die Seite der Gewalt gestellt hatten, und er las Lias Antworten nochmals, obschon er dabei gewesen war, als die Journalistin das Aufnahmegerät vor ihr verrutschtes Gesicht gehalten hatte. Er stand beim Fenster, hatte sich in den Lichteinfall zurückgezogen, fand sich in der kaum noch beachteten Position eines Beobachters, der seine Studien wie durch ein Binokular und über ein leuchtendes Rund gebeugt betreiben konnte, nur dass keine fremde Lebensspur das zu untersuchende Objekt war, sondern ein Stück Biographie, das ihn selber betraf. Zu diesem Platz am Rand des Geschehens wurde er in den folgenden Tagen eher gedrängt, als dass er sich dorthin freiwillig begeben hätte. Das Interview löste eine wahre Prozession im Zimmer Lias aus: Kollegen, Freunde, Bekannte brachten Schachteln mit Pralinen, Sträuße, Bücher und Tüten voll Orangen mit. Sie standen um das Bett, sahen auf Lia herab, die dalag und durch die vielen Augenpaare in den Fokus einer Art Kamera geriet, die ihre Versehrtheit festhielt, wie sie jetzt war, gelähmt und kaum fähig, ein paar geführte Schritte zu tun. Diese Aufmerksamkeit, die im Gegensatz zu den Therapien, die stets ändern und erneuern wollten, sie im »Festhalten« bestätigte, weckte in Lia gleichwohl die Hoffnung, bald erneut an ihren Projekten arbeiten zu können. Sie würde wieder filmen, bezeugen, was »diese Augen sehen«. Doch abends, wenn mit der Dämmerung die Besuchszeit zu Ende ging, kam die Trauer zurück. Lia erkannte nur zu genau, wie erleichtert die Besucher sich abwandten, froh, das Krankenzimmer endlich verlassen zu können. Sie hatten »den Gang zum Tempel der eigenen Verschontheit« getan, wie Lia spöttisch sagte, hatten eine Gabe niedergelegt, zum Dank, nicht selber gelähmt zu sein, und Lia verspürte eine Rebellion gegen dieses sanfte, kaum wahrnehmbare Ausgeschlossenwerden. Wie bei ihrem Projekt »Die guten Nachbarn« fühlte sie sich wiederum zur Trägerin von Ängsten gemacht. Nur war es jetzt nicht der befürchtete Umsturz einer gesellschaftlichen Ordnung, den Lia für einen Kreis einflussreicher Leute verkörperte. Jetzt war es der »Umsturz« in der Lebensordnung selbst. Und Lia war weit ohnmächtiger gegenüber dieser Furcht, als sie es beim geplanten Film zum Pogrom an dem Gelehrten gewesen war. Sie konnte noch nicht einmal aufstehen und gehen.

78 Kleider

Vom Fenster, in dem die Dämmerung wuchs, löste sich
Emile aus der Spiegelung, kehrte ans Bett von Lia zurück,
um ihr beim Nachtessen behilflich zu sein. Dann wandte
er sich ab, zog den Mantel an, unter dem auch er seine Erleichterung verbarg, ging durch den Park und die angren-
zende Straße mit den Villen, bemüht, aus der Trauer, die
in seinem Körper hockte, zum leichteren, beschwingteren
Ausschreiten zu finden. In den letzten Wochen hatte er
sich angewöhnt, sich an der Trottenstiege lediglich noch
umzuziehen, bevor er nach dem Städtchen am See fuhr.
Es sei nun Frühling und auch schon wärmer geworden,
hatte Klara befunden, seine immer gleiche, ein wenig bie-
dere Garderobe bedürfe einer Erneuerung. Karl, bevor sie
ihre Beziehung begonnen hätten, sei immer in Anzug, mit
Hemd und Krawatte herumgelaufen, eine Gewohnheit, zu
der er jetzt wieder zurückgekehrt sei, wie zu Sina, seiner
Frau. Sie habe ihm einen Pullover mit Mütze gestrickt, ein
wenig verrückt in den Farben, und Karl hätte stets Panik
gehabt, den Pullover auch nur in der Freizeit zu tragen. Die
Leute hätten Anstoß nehmen oder gar vermuten können,
er versuche, sich bei der Jugend anzubiedern, dabei habe
er ihm hervorragend gestanden, wie die Hosen, die Shirts
auch, die er auf ihr Anraten hin gekauft habe: Kleidungs-
stücke seien manchmal die Liebeszeichen bei ihren Treffen
in der Kellerbar gewesen. Etwas an Karl hätte von ihr sein

müssen, ein Hemd oder T-Shirt, ein Taschentuch, das sie ihm geschenkt habe, und es sei für sie aufregend gewesen, herauszufinden, was er denn diesmal ausgewählt habe, ein Zeichen, das nur sie verstehen durfte. Doch sei sie jedes Mal enttäuscht gewesen, wenn sie nichts an seiner Kleidung entdeckt habe, er kalt und abweisend gewesen sei, und sie gerade daran gemerkt habe, dass er mit ihr schlafen wolle, doch nicht dazu stehen könne.

Emile hörte Klara zu, als erzählte sie all das bereits jemand anderem, einem künftigen und jüngeren Mann, den er sich bemühte, wenigstens für Klara zu sein, wenn sie ihn in eines der Kleidergeschäfte für Jugendliche schleppte, er zwischen Regalen vor einer Verkäuferin in knappen Jeans und knappen zwanzig Jahren stand, von Klara mit neuen Klamotten versehen wurde, wie er sie jetzt an der Trottenstiege überzog: eine helle Leinenhose, das gestreifte T-Shirt, den rotgelben Pullover. Auch die Schuhe, ein zugegeben altväterisches, doch überaus bequemes Modell, hatten einem leichten Mokassin zu weichen. – Du siehst so viel jünger aus – und dazu trug, wie Klara fand, auch der Haarschnitt bei, der nach ihrem Wunsch kurz und frech sein musste, wie ihn auch einige ihrer Schulkollegen trugen, mit denen Emile ja auch immer öfter zusammen war. Neben den Besuchen in der Kellerbar ging er zu Partys von Klaras Freunden, hockte mit untergeschlagenen Beinen inmitten von Mädchen und Jungen im Wohnzimmer irgendeines Einfamilienhauses, das außerhalb des Städtchens an die Hügellehne gebaut war, Garten und Aussicht hatte, einem

Ingenieur, Arzt oder Beamten gehörte – Leuten, die kaum älter waren als er selbst. Und er begrüßte sie, die sich abseits und im Hintergrund hielten, sprach mit ihnen als ein Gleichaltriger, der er war, mit Vätern, die feste Positionen hatten, und Müttern, die ihn nicht unfreundlich, doch prüfend ansahen, der da in ihre Sphäre trat, dennoch nicht sie, sondern die Gesellschaft der Kinder suchte, zu denen er sich nach ein paar Höflichkeiten gesellte. Klara war dabei die Siegreiche, und sie konnte es vor ihren Freunden und deren Eltern nicht ganz verbergen, auch wenn sie sich bemühte. Sie musste ja nicht mehr ganz so furchtsam sein wie bei Karl Fehring, der unter der Manschette ein von Klara geknüpftes Armband getragen hatte, wie es jetzt auch Emile trug.

79   Lust

In der langen Vereinigung der Körper, dem Hinauszögern und Innehalten, das die Erregung sinken ließ, um sie zu einer nächsten Woge hochzutreiben, nahe an das kantenscharfe Brechen, in der langen Vereinigung fand Emile einzig noch eine Befreiung von den ihn bedrängenden Bildern: Die Wände des Zimmers rückten näher zusammen, die Tapeten zeigten bereits ein frühlingshaftes Grün, länger wurden die Tage, doch kürzer die Zeit, in der er und Klara so ungestört zusammen sein konnten. Die Wochen an der

Trottenstiege kamen zu einem Ende, Lias Therapie in der Rehabilitationsklinik dauerte noch knapp einen Monat. Sie würde dann nach Hause entlassen werden, auch wenn es dieses zu Hause nicht mehr gab. Je enger die Kammer wurde, sich um das Lager bedrängend schloss, das Emile noch jedes Mal aus den Decken, Duvets und Kissen baute, umweht vom Duft der Orangenblüten aus ihren Tassen, desto zwanghafter versuchte er, sich im Rausch ihrer Körper zu verlieren, eine Sucht, die gierig verlangte, stets neu überschwemmt zu werden, auf dass die Körper sich auflösen, sumpfig und von unscharfer Kontur werden, durchzogen von dunkel leuchtenden Schwaden betäubender Gefühle, die aus Haut, Muskeln und tastenden Berührungen steigen und jenen Garten herauftauchen lassen, der *erfüllt ist von Menschen, die sich in ihrer Nacktheit erkennen*, die sich gegenseitig erregen, sich die Süße der Früchte zu essen geben, Beeren, die groß und überreif werden, von einer fauligen Widernatürlichkeit, und die Blicke irren zu den schlanken Körpern von Frauen und Männern, die von den Schnäbeln riesiger Finken sich füttern lassen, mit Samen, aus denen die Perversionen hervortreiben. Aus ihren Ärschen sprießt das junge Laub, sie flagellieren sich mit Blumensträußen, stürzen sich in geiler Lust in Blütenkelche, das Geschlecht geöffnet himmelwärts als glänzende Frucht, und die Sprosse dringen in die Fischleiber, mendeln Mischwesen hervor, gierig schluckende Münder, die Weintrauben unter ihren Zungen zerquetschen, vermanschen zu gärendem Rausch, der größere Übertreibung will, ein noch sinnloseres Schla-

gen. Ein Schlagen, das erniedrigt, ein Schlagen, das zerstören will, Gewalt antut und eine Lähmung hervorbringen
wird, einen Tod: Und der Kopf wird hin- und hergerissen,
aus dem Mund bricht Schmerz, und die Woge lässt einen
breiten, leeren Streifen Sand zurück.

80   Magie

Am nächsten Tag beobachtete Emile aus dem Lichteinfall
beim Fenster, der leicht flüssig diesen Kubus aus Korkboden und weißen Wänden mit Helle füllte, wie nach den
Neugierigen, die ihre Gaben brachten, nun die Helfenden
kamen, Leute, die er noch nie gesehen hatte, Bekannte von
Freunden, die Kurse besuchten, deren Leiter sie mitbrach-
ten, Gurus und Begnadete mit heilenden Kräften, und all
die fremden Menschen umstanden Lias Bett, legten Steine
und Hände auf, ließen Energieströme fließen, lenkten sie
in die gelähmte Körperseite. Durch Geistheilung wurde das
»Blutgerinsel« aus ihrem Gehirn geschnitten, Amulette und
ein »Rete mirabilis« sollte sie vor der Rückkehr der Geister
schützen, die man eben exorziert hatte, während eine Ikone
auf dem Nachttisch das Wunder der Heilung herabziehen
würde, durch inniges Beten offenbart. Und Lia ließ all dies
geschehen. Sie, die Ethnologie studiert und früher über
schamanistische Techniken in Spitalzimmern nur Spott
übrig gehabt hätte, hoffte nun auf die Fähigkeiten ihr frem-

der Menschen, sie beteiligte sich an den Übungen mehr
als an den Therapien. Sie glaubte an die Wunder, die ihr
vorausgesagt wurden, die von den Rändern – wie alles Außergewöhnliche – hereinbrechen würden, aus den Schatten
und den vergessenen, doch ursprünglichen Zeiten, nahe der
Kindheit, in die sich Lia zurückgezogen hatte. Und Emile,
der dabeistand, als Naturwissenschaftler ein wenig irritiert
auf diese längst sedimentierten Reste eines magischen Zeit-
alters sah, fuhr Lia abends, wenn es still geworden war, er
beim Abendbrot die Speisen auf dem Teller teilte, ihr beim
Trinken behilflich war, über Stirn und Wange: Er kannte
diese Lia nicht, die so offensichtlich zu einem Kinder-
glauben zurückgegangen war, und Emile dachte, dass sie
vielleicht hoffe, in dieser frühen Schicht ihres Lebens eine
hoffnungsvollere Auszweigung im Lebensbaum zu finden,
die zu einer Gegenwart führen werde, die noch nicht einmal sie kannte. Und Emile entglitt die Gabel, fiel mit einem
Brocken Speise auf den Teller, während Lia ihn schräg von
unten mit diesem ihm noch unvertrauten Blick ansah – so
ruhig, so klar und unverstellt –, wartete, bis er die Gabel
wieder aufgenommen hatte, ohne Kommentar. Und auch
Emile schwieg, erzählte ihr nicht, dass er sich eben bei dem
Gedanken ertappt hatte, dass vielmehr er selbst es sei, der
versuche, zurück und in einen anderen, noch jugendlichen
Zweig zu gelangen. Dabei ebenso wie sie begonnen habe,
an Magie zu glauben. Sie sollte einen Bannkreis um Klara
gegen fremde Anziehung legen, Klara beschwören, bei ihm
zu bleiben, an ihre Liebe zu glauben und an eine Zukunft,

die es nicht gab und immer weniger geben würde. Denn Emile hatte die Gabel wieder aufgenommen, um von dem Fleisch einen Bissen mit dem Messer abzutrennen, die Gabel dann Lia zu reichen, weil es unmöglich war, mit nur einer Hand sich in dieser symmetrisch angelegten Welt selbst das kleinste Stück allein abzuschneiden.

81 Monolog

Doch Klara ließ sich nicht so leicht bannen und beschwören. Sie wolle keine Halbheit mehr, sagte sie bei einem Spaziergang, das »Mit-jemandem-Teilen« und Verheimlichen hätte sie zur Genüge bei Karl Fehring erlebt, sie habe ein Recht, ihre Liebe offen zu leben, dass sie auch stolz darauf sein könne, und sich ein Mann zu ihr bekenne, schließlich wolle sie auch einmal Familie und Kinder haben, nicht jetzt, selbstverständlich nicht, doch manchmal versuche sie, sich vorzustellen, wie der Vater ihrer Kinder aussehen würde, jemand jüngeren, so wie Nick, der jetzt die Stelle gekündigt habe und total überzeugt sei, die Prüfung zu bestehen, doch seine Eltern seien ziemlich schockiert gewesen, als sie gehört hätten, er wolle nun Schauspieler werden. Nick habe jetzt auch einen Freund, mit dem er zusammenziehe, während sie sich noch so unschlüssig sei, ob sie nicht vielleicht doch erst mit einem Praktikum beim Fernsehen beginnen solle, bevor sie sich an einer Schule bewerbe, allerdings würde sie gerne an die Berliner Filmakademie gehen, hauptsächlich auch, um aus dem Städtchen wegzukommen. In Berlin würde sie bestimmt viele neue Leute kennenlernen und bräuchte nicht immer im selben Kreis von Bekannten zu verkehren wie in der »Kornschütte«, sie fühle sich dort schon eine Weile nicht mehr wohl, besonders seit Ilona sie zu sich nach Hause eingeladen habe, – und ich bin ja ganz ahnungslos zu ihr hingegangen, sie hat übrigens eine Superwohnung, nicht weit von der Trottenstiege entfernt, großzügige hohe Räume mit Stuck an der Decke, in einem Jugendstilhaus, die Aussicht müsstest du sehen, über die ganze Stadt hin bis hinauf zum See, und Ilona hat mich in einem Kleid aus durchscheinendem Chiffon empfangen, unter dem sie nackt war, hat gesagt, sie hätte sich in mich verliebt, und ich habe natürlich an Nick gedacht, wie es sein müsste, mit einer Frau zu schlafen. Die Berührungen sind viel vertrauter, habe ich gemerkt, weil sie aus Empfindungen kommen, die man selber genau kennt, und Ilona hat natürlich längst durchschaut, was zwischen dir und mir läuft, sie hat auch gesagt, dass die Leute in der Kellerbar sich wundern würden, weshalb du da dauernd auftauchst, wo doch Lia in der Rehabilitation sei, und weshalb du nicht arbeiten würdest, ob du die Stelle an der Universität verloren hättest, und ich weiß ja auch nicht, was dann später einmal wird, aber ich denke, ich werde im Sommer oder Anfang Herbst nach Deutschland gehen, das wird auch gut für uns beide sein, dass wir uns dann nicht mehr sehen.

82 Neid (Teich 2)

Während Klara redete, ihre Stimme leise davon sprach,
was bald schon sein würde und worüber sie dringend sich
mitteilen müsste, sah Emile aufs Wasser, das noch hell
zwischen den Ufern lag, ein Teich, zu dem sie außerhalb
des Städtchens gefahren waren. Sie hatten sich nach einem
Spaziergang auf die Bank gesetzt, und nur ein Entenpaar
regte am Rand das Wasser auf, das sonst ruhig und glatt
war und vom schwindenden Licht allmählich matt wurde.
Die Spiegelungen der Weiden und Gebüsche, des Schilfs
wurden schattenhaft, aus der Tiefe drang das Dunkel herauf, und mit der Nacht füllte Schwärze das Wasser. In
Klaras Reden drangen kleine aufgeregte Geräusche, ein
Flügelschlagen, ein Rascheln im Schilf, ein Plätschern und
Quaken, und stickig war die Luft. Sie umschloss sie, die da
nebeneinander auf der Bank saßen, war drückend feucht,
ohne Windhauch, angefüllt vom Geruch nach faulendem
Schlick. In der Ferne war ein Licht, zitternd in der Ebene,
gegen das Dunkel sich behauptend, eine Straßenleuchte
vielleicht, in deren Schein sich rund ein Stück noch von der
Tagwelt erhalten musste, auch das ein Teich, wenn auch
nur aus elektrischem Licht, durch die Entfernung verengt
zu einem Nadelstich. Und Klaras Worte öffneten taghelle
Räume, Wunschbilder von Großstadt, baumgesäumten
Boulevards, von Cafés mit Tischen unter Markisen, an denen vorbei Menschen und Verkehr strömten, von Kneipen,

in denen man sich traf, ins Theater und in Kinos ging, zu Partys bei Kollegen – und zwischen diesen Bildern öffneten sich andere imaginierte Räume, die Filmakademie, die Studios in ehemaligen Werkhallen. Und die hohen Fenster der Kantine nebenan gingen auf den Fluss, zeigten in den kleinteiligen Scheiben einen hohen Himmel, in dem die Wolken zogen, und man hatte Bedeutung, bekam sie durch die Blicke der Mitschüler, der Kollegen, die an einen glaubten, jung und noch unbeschwert waren. Sie hatten Zukunft, wie man selbst auch, und das Getriebe der Stadt versprach Erfolg, weil einem bestimmt war, außergewöhnlich zu sein, in Wesen und Lebensart einen Kontrapunkt zu einem Alltag zu leben, der wiederum andere, nicht weniger begehrenswerte Bilder öffnete, von häuslicher Geborgenheit, von hohen Zimmern und eleganter Einrichtung, von nackten Körpern unter durchscheinenden Kleidern, von Kindern und Gärten, den gemeinsamen Ausflügen an die See, von der Lust zu leben und noch lange leben zu können, ja damit erst wirklich zu beginnen, wie mit einer Reise, von der es bald schon einen Film geben würde, ein Dokument des Glücks, in dem nur einer fehlte, Emile. Er käme darin nicht vor, fände keinen Platz mehr in der Besetzung, weil er schon am Ende angekommen war. Sein Alltag hatte sich wie das Licht der Straßenleuchte in der Ferne auf einen Kreis zusammengezogen, war durch die Entfernung verengt zu einem Nadelstich. Die Entfernung zwischen ihm und Klara begänne größer und unüberwindlich zu werden, und Emile verspürte in sich den Neid auf das Leben, das Klara besaß und mit sich nehmen würde, fort von ihm, schon jetzt, wenn auch erst in der Phantasie, ihn zurückließ, da am Teich, der unergründlich dunkel war, doch Geräusche in Klaras Stimme streute, ein Quaken von Fröschen, ein Schnattern und Plätschern, ein Rascheln von Schilf.

83 Vorwort

Lia schlief, als Emile am nächsten Tag ihr Zimmer in der Rehabilitationsklinik betrat, wachte auch nicht auf, als er einen Stuhl beizog. Er wollte sie nicht wecken. Ihr Gesicht war so ruhig, jetzt auch fast ebenmäßig, nur im linken Mundwinkel glänzte ein wenig Speichel. Das Gehen ohne Hilfe ermüdete sie, sie trainierte Stufensteigen, musste – damit sie sich an den Wänden nicht abstützen konnte – das Zimmer durchqueren, in dem sie mit der rechten Hand die linke fasste, das Bein nach außen schlenkerte, es aufsetzte, das Gewicht darauf fallen ließ, dass der Körper seitlich einknickte, und es war neben der Anstrengung die Unsicherheit und Angst vor einem Sturz, die sie erschöpften.

Auf dem Beistelltisch lagen lose Notizblätter, bedeckt von Lias Handschrift, die verändert war wie ihr Gang, von einer ruckenden, die Linie nicht einhaltenden Bewegung, als wäre sie mit dem Kugelschreiber genauso unsicher wie beim Gehen durchs Zimmer, und es war gerade dieses un gewohnte Schriftbild verrutschter Wörter, das Emile die Seiten aufnehmen ließ, um langsam und jetzt selbst ein wenig unsicher zu entziffern, was dort stand, als müsste sein Lesen »das Bein nach außen schlenkern« und beim Fortfahren leicht einknicken.

Vorwort: Ich bin im »real existierenden Matriarchat« aufgewachsen. Das scheint ein Widerspruch zu sein, denn meine weiblichen Vorfahren hatten keine Rechte, keine politischen und nur wenige im Alltag, und doch waren sie es, die für die Bewältigung des Lebens sorgten: Die Männer – so weit ich sie zurückverfolgen kann – taugten nichts, waren Träumer, Trinker, künstlerisch veranlagte Talente, die es zu nichts brachten, und ich bin die Erste und Einzige, bei der sich das Muster gewendet hat: Ich habe mich auf die männliche, die künstlerische Seite geschlagen, bin wie mein Großvater geworden, der nachts malte, irgendwann eines der Kinder weckte, um mit ihm durch die dunklen Straßen zu laufen, schweigend, wie alle meine Tanten bestätigen konnten, durch leere, stille Straßen. Er war Bauarbeiter gewesen, vertrank den geringen Lohn, den er zum Unterhalt seiner dreizehn Kinder hätte nach Hause bringen sollen, und eines Tages war der »Dreckskerl«, wie Oma ihn nannte, weg, »versorgt« in einer Trinkerheilanstalt, und Oma hat mit eiserner Hand ihre Kinderschar geführt. Sie ging in fremde Haushalte waschen, kämpfte für die Rechte der Frau, die es damals nicht gab und die ich als Erste ausüben konnte: Meine Mutter, die sich selbstverständlich engagiert hat, ist vor der Einführung des Frauenstimm- und Wahlrechts gestorben. Auch die Mutter meines Vaters war eine Suffragette – wie die damals abschätzige

Bezeichnung nach den englischen Frauenrechtlerinnen lautete –, eine Lehrerin, überzeugt, durch Erziehung und Bildung eine bessere Welt schaffen zu können, eine ohne Gewalt und Krieg. Bei ihr, die allein lebte – ihr Mann, ein »verbohrter Tyrann«, bewies seine Lebensuntauglichkeit, indem er früh starb –, bin ich gern zu Besuch gewesen, weil es dort sehr viele Bücher gab. Sie war mit einer Jugendschriftstellerin befreundet, und ich bin ihr heute noch dankbar, dass sie mich trotz meiner Neugier nicht lesen lehrte. Das Lernen käme in der Schule früh genug, hatte sie gesagt. So blieben die Bücher, aus denen ich durch das Vorlesen fremde Orte und Menschen kennenlernte, etwas Geheimnisvolles, das sich bis heute nie ganz verloren hat. Durch Großmutter bin ich mit Kästner, Tetzner und Held wie mit Schwester und Brüdern aufgewachsen.

Es ist lächerlich, das Bein zur Übung zehn Mal hochzuheben, es ist demütigend, für einen Schritt gelobt zu werden. Doch das ist jetzt mein Alltag, untauglich zu sein wie meine männlichen Vorfahren. Die hocken versammelt in der linken Seite meines Körpers, und in der rechten, der normalen, sind die Großmütter, die Matriarchinnen, die kämpften und das Leben unter schwierigsten Umständen meisterten. Bis vor Kurzem habe ich auf der Tastatur perfekt mit zehn Fingern geschrieben, ich war rasch und geübt, und in der Ergotherapie fordert man mich auf, künftig einen Computer zu benutzen, das Schreiben und Korrigieren sei damit viel einfacher als auf den alten Schreibmaschinen, doch das werde ich nicht tun, nie wieder. Ich werde keine Tasten mit fünf Fingern drücken, wenn ich es selbstverständlich mit zehn konnte, doch schreiben will ich: Die Geschichten aus dem »real-

169

existierenden Matriarchat«. Ich schreibe sie mit meiner Groß-
mutterhand, der rebellischen, gegen die träge, untaugliche, in
der auch die Faszination an der künstlerischen Erfindung steckt.
Und das Schreiben mit der Hand ist die noch einzige, wirklich
freie Bewegung, die ich habe.

84   Lehm

Der Griff, mit dem Lia die gelähmte Hand packte, diese
hochhob, vor ihrem Gesicht in einer Kreisbewegung her-
umführte und mit unmissverständlicher Autorität in den
Schoß legte, war bereits zu einer charakteristischen Geste
geworden: Als wäre ihre gelähmte Hand ein Kätzchen, das
man zurechtsetzen, dann aber auch beruhigend streicheln
müsste. Lia würde so den linken Arm weniger »vergessen«,
der sonst an den Bändern des Schultergelenkes seitlich herab gehangen hätte, kraftlos, ohne Gefühl. Emile, der sich
neben Lia aufs Bett gesetzt hatte, um die Rückkehr nach
der Rehabilitation zu besprechen, ein Wechsel, vor dem
sie sich fürchtete, spürte plötzlich diesen raschen Griff am
Handgelenk. Seine Hand wurde hochgehoben, vor ihr in
den Schoß gelegt, und Emile ließ es geschehen. Er schaute
auf ihre Rechte, die kräftiger und härter geworden war, die
da über seine Linke fuhr, ohne zu merken, dass es nicht die
eigene Hand war, und Emile erinnerte sich an ein Buch mit

farbenprächtigem Frontispiz, das ihm Lia, kurz nachdem sie sich kennengelernt hatten, schenkte: Märchen aus dem Orient, von einem Prinzen, der, in einem Garten gefangen, sich Geschichten erzählen lässt. Und es war die eine, an die Emile denken musste, als Lia nun seine Hand streichelte, in der von einem Jungen berichtet wurde, dem ein Fremder ein Stück Lehm brachte, das dieser kneten sollte, bis die Figur eines Mädchens entstünde, die ewig jung gebliebene Tochter eines vor langer Zeit untergegangenen Geschlechts auf einer fernen Insel: Zu ihr sollte der Junge jede Nacht fahren. Er gehorchte, bis eines Tages eine Frau den Garten betrat, sah, wie der Junge den Lehm formte, und beschloss, ihn von dem Bann zu erlösen. Sie fesselte ihn an einen Rosenstrauch, damit er der Versuchung nicht nachgeben konnte, doch jede Nacht, um die Zeit, da er hätte zur Insel fahren müssen, tauchte der Fremde auf, schnitt dem Jungen zur Strafe einen Finger ab. Als der Junge alle Finger einer Hand verloren hatte, entschloss er sich, wieder hinzufahren, um wenigstens die andere Hand zu retten, doch er konnte den Lehm nicht mehr zur Figur formen. Da setzte sich die Frau, die ihn liebte, neben ihn: Ich will dir die verstümmelte Hand ersetzen, sagte sie, auch wenn ich dich dadurch an den Inselgeist verliere: *Und mit seiner rechten Hand, mit ihrer linken Hand schufen sie die Figur, die aus beider Wesen gemischt war, der Gesang auf der Insel verstummte, und Schmerz und Leiden hatten ein Ende.*

85 Mut

Emile aber fuhr jeden Abend nach der Kleinstadt, tat es, um sich selbst zu beruhigen und aus dem Gefühl heraus, den »Platz halten« zu müssen, durch seine Gegenwart Klara zu hindern, sich anderen zu nähern, sich auf Besuche bei Ilona oder Unternehmungen einzulassen, wie das Segelwochenende mit dem Sohn von Joe Wiesner. Stets war unberechenbar, wann Ilona im Foyer auftauchte. Sie umwarb Klara mit ihrer kühlen Eleganz, doch auch Wiesners Sohn kam nun öfter in die Bar, und Fankhauser, der Photograph, schwatzte unablässig von einer Aktserie, die er mit ihr machen wolle. Mehr und mehr fand sich Emile in einer zwiespältigen Lage. Er hatte geglaubt, in dem Städtchen und in der Gesellschaft der »Kornschütte« einen Ausgleich zu den Stunden zu finden, die er in der Klinik bei Lia verbrachte, ja dass sich – wie in den Neuronenbezirken ihres Gehirns – ein Geflecht neuer Beziehungen bilden werde, das ihm ein Stück gewohnten Alltags zurückgeben würde. Und er war von dem Kreis in der Kellerbar ja auch freundschaftlich aufgenommen worden. Man zeigte sich erfreut über sein Erscheinen, lud ihn an den Tisch ein, gab ihm das Gefühl der Zugehörigkeit, und auch an jenem Abend war das nicht anders gewesen, als neben der üblichen Runde viele von Klaras Freunden und Schulkameraden nach einem Konzert noch in der »Kornschütte« saßen. Nick brachte einen Jungen mit, den niemand kannte, ein schmächtiger, sehr hübscher

Bursche, südländisch in seinem Aussehen, der sich sehr selbstverständlich unter den hier versammelten Bekannten bewegte. Er hatte ein wunderbar naives Lächeln, das er, ohne einen Anflug von Scham, auch dann noch beibehielt, als Nick – er hatte sich ein wenig Mut angetrunken – laut verkündete, er wolle nun allen Eugenio vorstellen. Er habe ihn während einer Veranstaltung der Schauspielschule kennengelernt, an der er in ein paar Wochen die Aufnahmeprüfung machen werde, er hätte sich nämlich entschlossen, Schauspieler zu werden, und Eugenio sei sein Freund, er meine sein wirklicher Freund, denn er, Nick, sei schwul – und als hätte dieses Wort seine ganze Kraft aufgebraucht, sank er auf den nächsten Stuhl, schnitt ein Gesicht, das in seiner hilflosen Erleichterung komisch war. Nick wurde umarmt, beklopft, zu seinem »Coming out« und dem Mut dazu beglückwünscht, doch gleichzeitig trafen Emile rasche wie beiläufige Blicke. Das Alibi war geplatzt, man wusste nun, was man schon »immer vermutet«, aber nicht hatte glauben können. Dass so einer, der schon die Vierzig hinter sich hatte, mit einem Mädchen wie Klara »etwas anfing«, während seine Lebensgefährtin im Spital lag. Und eine Spannung baute sich auf, die auf ihn überzuspringen drohte, als hätte man in ihm auch noch den Schuldigen gefunden, der verantwortlich dafür war, dass Nick nicht mit Klara zusammen war, seine Lehre abgebrochen hatte, zum Theater gehen wollte und sich mit diesem Südländer einließ. Emile konnte seinen Platz nicht behaupten. Hatte auch Nicks Mut nicht, sich ebenso wie dieser zu erklären, und so stand er auf, grinste ein wenig hilflos. Ohne sich zu verabschieden, durchquerte er den Raum, und während er Stufe für Stufe zum Absatz unter dem Eingangsbogen hinaufstieg, hatte er das Gefühl, er müsste es rückwärts tun, mit dem Gesicht zu den Leuten hin, um sie wenigstens für den Moment noch in Schach zu halten. Man fände sich rasch in einer gegenseitigen Empörung bestätigt. Die jetzt noch diffuse Spannung würde sich entladen, und Emile dachte an Lias Projekt »Die guten Nachbarn«. Es war allein seine Illusion gewesen, noch auf ein Stück normalen Alltags zu hoffen.

86   Handstand

Geschichten aus dem realexistierenden Matriarchat, 1. Il Magnifico:

Nach der Suppe klopfte es an die Küchentür, die zugleich auch die Eingangstür zur Wohnung war. Meine Mutter, damals ein Kind, öffnete und blieb starr in der Tür stehen. Ihr Bruder lief herzu, schubste das Mädchen zur Seite, begrüßte den draußen stehenden Mann und hieß ihn, am Küchentisch Platz zu nehmen: Er habe gestern den Bettler in der Stadt kennengelernt. Das ging Großmutter Ottilie doch zu weit. Sie kannte zwar das eigenmächtige Verhalten ihres Sohnes, doch in der Küche bestimmte immer noch sie. Sie schickte die beiden Kinder hinaus,

auch weil der Mann, der sich an den Tisch gesetzt hatte, ihr kei-
neswegs fremd war. Die Art und Weise, wie er gierig die Suppe
löffelte und mit dem Stück Brot die Lippen und das Kinn putzte,
um es anschließend zu verschlingen, kannte sie. Seine Augen, die
so sehr an ihren Vater erinnerten, blinzelten verschmitzt, und als
er den Teller leer gegessen hatte, sagte sie:

– So, Röbi, zieh deinen Mantel aus, geh dich am Brunnen
waschen, was sollen sonst die Kinder von ihrem neuen Onkel
denken?

Doch Robert konnte seinen Mantel nicht ausziehen, denn die
Hosenstöße, die darunter hervorschauten, waren nur mit Schnü-
ren über den Schultern festgehalten, ansonsten war er nackt.

Aus dem Schrank, in dem die Kleider ihres verstorbenen Mannes auf die Wiederverwertung durch die Söhne warteten, konnte
sich Robert eine neue Garderobe aussuchen, und als er endlich wie
ein anständiger Onkel aussah, wurden die Kinder hereingerufen.
Robert erzählte von seinem Leben, das er geführt hatte, seit er
mit vierzehn Jahren zu Hause ausgebüchst war. Er sei Akrobat,
sagte er mit einem weichen Akzent, und wie um zu beweisen,
wie wahr seine Geschichten von Auftritten und Reisen seien,
packte er den Küchenstuhl, den einzigen mit Rücklehne, stellte
ihn auf den Tisch, auf dem noch Suppentopf und Teller standen,
und mit einem Sprung war er selbst oben. Auf der Vorderkante
des Stuhls drückte er einen Handstand, verlagerte das Gewicht
auf die rechte Hand, um mit der linken die Rücklehne zu fassen,
und mit einem Ruck balancierte er den Stuhl auf den hinteren
Beinen. Doch das leise Knacken, das Mutter schon während des
Essens beim Kippeln jeweils gehört hatte, war jetzt ein Reißen,

und der neue Onkel krachte kopfüber auf Teller und Suppentopf, dass es brach und spritzte.

Am nächsten Morgen war der Zirkusonkel verschwunden. Wochen später kam ein Paket aus Frankreich. Darin waren eine Suppenschüssel und ein Photo, das einen Mann in Frack und Zylinder im Handstand auf einem Stuhl zeigte, flankiert von zwei leicht bekleideten Demoisellen, die strahlend auf den Onkel zeigten. Darunter stand: Roberto il Magnifico.

Das Foto musste auf Drängen meiner Mutter am Küchenschrank festgezweckt werden, und Ottilie gab schließlich nach. Sie dachte, Mutter würde den Onkel bewundern, doch das stimmte nicht. Sie schaute nur immer die beiden Frauen in ihren Glitzerkostümen an, die mit ihren Händen und Blicken auf den verkehrten Onkel wiesen, der mit den Beinen nach oben auf einem Stuhl stand, angehalten vor seinem Sturz. Sie hörte das Knacken, aus dem ein Reißen würde, wenn die beiden Schönen ihn nicht unablässig mit ihren Zauberkräften dort oben im Gleichgewicht hielten, und meine Mutter war überzeugt, dass nur dank der beiden Frauen ihr Onkel das war, was in so großartigem Schriftzug unter dem Foto stand: Roberto il Magnifico.

87 Händigkeit

Lia notierte ihre »Geschichten aus dem realexistierenden Matriarchat« in der Nacht, gab Emile die mit ihrer flüchtigen Schrift chaotisch bedeckten Blätter, er solle sie bitte »ins Reine« schreiben, und während Emile die Wörter tippte, Lias Sätze zu entziffern versuchte, wurde ihm klar, dass es in ihren Geschichten stets die Frauen waren, die – wie bei Roberto il Magnifico durch ihr »Präsentieren« – für die Balance all der Trinker, Träumer und Versager sorgten, die so schief und verkehrt im Leben standen. Doch nun war Lia selbst aus der Balance gerutscht, sie, die sich als Filmerin auf die Seite der untauglichen Männer geschlagen hatte, wie sie selbst jeweils sagte, doch da waren keine präsentierenden Hände mehr, keine bewundernden Blicke, die sie noch hielten.

– Mein Behindertenbonus ist aufgebraucht, sagte Lia, als die Besuche selten wurden. Freunde und Bekannte blieben aus, die Heilerinnen und Gesundbeter hatten sich ein wenig enttäuscht über die fehlende Empfänglichkeit der Patientin, die für eine geistige Behandlung doch zu unreif sei, abgewandt, und Emile begleitete Lia zu den Therapien, half beim Ankleiden, beim Essen, bei all den alltäglichen Verrichtungen, in die durch ihre halbseitige Lähmung eine fast vollständige Asymmetrie gekommen war. Die einfachsten Dinge konnte Lia nicht mehr alleine tun, und Emile erinnerte sich an den Begriff der »Chiralität«, der Händigkeit, aus seinem Studium, und wie sehr unsere Wahrnehmung durch die Hände bestimmt ist, wir erst durch die Gegenständigkeit von linker und rechter Hand die »Gegenstände begreifen«. Ohne zwei Hände ließ sich noch nicht einmal ein Schuh binden, konnte kein Stück Brot abgeschnitten werden, und Lia entdeckte, dass sie durch ihre Behinderung aus dem ganz gewöhnlichen Begreifen gestoßen worden war, dafür aber eine neue Sicht gewonnen hatte. Nachdem sie anfänglich ihr verletztes Ich noch versteckt hatte, begann sie nun mit leicht schiefer Kopfhaltung, dem im linken Auge um ein Viertel eingeschränkten Blickfeld, seltsam asymmetrisch in diese Welt hineinzuschauen, und es war, als sähe sie wie bei einer Bühne, die in der normalen Ansicht der Zuschauer ein einheitlich geschlossenes Bild ergibt, aus einem schrägen Winkel in die seitlichen Blenden, und durch die Lücken der Soffitten, blickte so hinter die Bühne, wo die simplen Vorrichtungen der Illusionen stehen. Sie kannte mit einem Mal die Antwort auf eine alte Frage: Wie tönt das Klatschen mit der einen Hand – und Lia wurde gelassen, erfüllt von einer Demut ihrer Lähmung gegenüber, als wäre sie dem Bodhisattva ähnlich geworden, der, auf der Karte abgebildet, als Lesezeichen im Buch vom langen Abschied gesteckt hatte.

88   Baummensch

Emile dagegen befiel mehr und mehr die Gewissheit, zerbrochen zu sein, unsicher zu stehen inmitten eines Morasts widerstreitender Gefühle, als stünden die Beine in verschiedenen Booten, und er wäre zu diesem Baumwesen im »Garten der Lüste« geworden, angekommen im dritten, seitlichen Teil des Triptychons von Hieronymus Bosch: Er empfand seinen Körper hohl und aufgebrochen wie auf dem Bild, bewohnt von Ängsten und dämonischen Wesen. Sie hockten in seinem Leib wie in einer Gaststube, zwickten und quälten ihn, hatten die Gesichter der Leute in der Kellerbar, die zusammen um den Tisch saßen, tranken, über andere redeten, und er hörte ihre flüsternden Gemeinheiten, konnte nicht verhindern, dass neue, fremde Leute dazukamen, in ihn drangen und wie auf der Bildtafel ein trübes Licht mit sich trugen, das als nackte Birne in seinem Arbeitszimmer eine Schmach beschien, auf die sie zeigten. Dabei wandte er den Leuten doch ein freundliches Gesicht zu, versuchte sie wie sich selbst auch zu beschwichtigen. Doch der Morast, in dem er steckte, war von einer glasig schwarzen Schicht Eis bedeckt, sodass nichts mehr absinken konnte. All das Verwesende, Abgestorbene blieb in dieser Gegenwart zurück, stank und faulte, füllte die Luft mit seinen Dämpfen. Rauch überzog den Himmel, wolkig erhellt im Hintergrund vom Feuerschein aus der in Schutt geschossenen Stadt: flackernd erhellte Mauerreste einer einstigen Vergangenheit von Leben, marodierende Erinnerungen an etwas, das nicht mehr war, der Garten des Paradieses, der Lüste, doch nun zu einer Hölle geworden – und Emile, in dieser inneren Verdunklung, klammerte sich an Klara. Sie dürfte er nicht verlieren, nicht diesen letzten Halt, auch wenn sie ihm bereits zu entgleiten drohte, fort von ihm nach Berlin und in ein eigenes Leben gehen wollte. Er müsste sie süchtig machen, süchtig nach dem eigenen Spiegelbild, das er ihr überhöht zeigen würde, das nur er allein bestätigen konnte: Er musste einen so grandiosen Anspruch an das Dasein wecken, dass er das Menschenmögliche überstieg, Klara jedoch glauben ließe, ihr stünde die göttliche Inkarnation über der Menge zu: Ein Ecce homo, das sie gleichzeitig auf seinen Körper kreuzigte, sie an ihn binden und von ihm abhängig machen würde wie von einer Droge. Und Emile erinnerte sich, wie er am ersten Morgen, nach Lias Einlieferung, in die Stadt gegangen und durch diese Stunde der Leere gelaufen war, ihn ein Gefühl der Schwerelosigkeit erfasst hatte, unter der das ganze Gewicht der vergangenen Nacht lag. Er fand sich und die Stadt auf eine unerwartete Art verwandelt, war ein Herr in Anzug geworden, der in einer anderen Zeit durch Paris, Wien oder New York seinen Geschäften nachging, sich in ein Café setzte und eine Bedeutung hatte, die von allen erkannt werden musste, ohne dass Emile hätte sagen können, worin sie bestand. Nun aber, da er versuchte, Klara in eine unwirkliche, doch durch ihn geschaffene, immer neue und phantastischere Welt zu ziehen, begann er zu ahnen, dass er damals, an jenem Morgen, sich Steinitz anverwandelt hatte. Er war sein eigenes Vorbild geworden, in dessen Mantel er entlang der Häuser zum Fluss gelaufen war, ganz in dem Gefühl, der »exzellente Wissenschaftler« geworden zu sein. Und wie Steinitz es verstanden hatte, nicht nur aus Fossilien, sondern auch aus Spuren seelischer Sedimente der noch sprödesten Bekannten wunderbare Lebensräume und Geschöpfe zu schaffen, würde auch er, Emile, sich selber eine neue Lebensform geben, schüfe für Klara einen Kosmos aus Gefühlen, eigenen Wünschen und Hoffnungen, der sie groß und außergewöhnlich machte, ihr ein Ziel und eine Richtung gab: Du bist die, die Du sein wirst! Und er selbst, Emile, dem seit Lias Erkrankung ein normaler Alltag wie eine Utopie erschien, würde Klara verblenden, sie hinweg von allem Gewöhnlichen, Alltäglichen führen, hinein in einen Park, der aus einem Teil wilden englischen Gartens und einem Teil geordneten französischen Gartens bestünde, mit klaren Teichen und eigenen Standbildern, wie sie Könige errichten ließen: Ein dem Leben nachempfundener Kitsch, weil er glaubte, nur so nicht allein zu bleiben.

89   Simulation

Doch Klara bewarb sich in Wien für die Assistenz bei einem Filmprojekt, um ihre Chancen bei der Prüfung in Berlin zu erhöhen, wie sie sagte. Ein halbes Jahr bliebe ihnen noch, falls es mit der Stelle klappen sollte, wenn auch bereits in zwei Wochen Lia aus der Rehabilitation zurückkäme. Emile müsste mit ihr im Haus seiner Mutter wohnen, da die Außentreppe an der Trottenstiege ein zu großes Hindernis darstellte, er auch schon die Kündigung erhalten hatte. Das Haus sei verkauft und werde vollständig umgebaut, hatte der alte Besitzer ihm mitgeteilt, und diese Begrenzung ihres noch möglichen Zusammenseins ließ Klara und Emile alle Vorbehalte vergessen.

Klara zog für die letzten Tage in der Trottenstiege ein, ohne Wissen ihrer Eltern, denen sie von Ferien mit Freundinnen erzählt hatte, und wenn auch Emile jeden Nachmittag für eine Stunde in die Klinik ging, so war es, als führe er zur Arbeit, käme bald schon wieder. Sie kochten gemeinsam, putzten und räumten auf, gingen einkaufen, besuchten Bekannte und Freunde, waren jetzt ein Paar, und die meist in gefestigten Verhältnissen lebenden Gastgeber verwiesen augenzwinkernd darauf, wie vorteilhaft für eine Beziehung zwischen Mann und Frau die Kombination von Herbst und Frühling sei, wenigstens nach altchinesischem Verständnis.

Emile, nach ein paar Gläsern Wein vom Hausherrn zur Seite genommen, bekam neidvoll zu hören, was für ein unglaubliches Glück er habe, er dürfe Klara keinesfalls ziehen lassen, schon gar nicht, da Lia jetzt »ausfalle«: – Bring sie in ein Heim, und du hau ab, lass alles hinter dir, heirate Klara, eine so junge Frau bekommst du nie wieder.

Und sie besuchten ein Konzert, Emile stand inmitten

der Jugendlichen, die Feuerzeuge schwenkten, brüllten und kreischten, die Lieder mitsangen, während die Lichtorgel Farben und Blitze auf die Bühne hieb, die Masse auf das Lied »Volete l'amore« ein begeistertes »Jaaaa!« schrie. Danach besuchten sie einen Schuppen, der voller Rauch und schweißnasser Körper war, in dem aus Boxen harte Rhythmen dröhnten, eine Begierde aus den Leibern dünstete, die am nächsten Abend im Cinéstudio zu Szenen von Gewalt und einem brutalen Sex wurden, der strafen, zerstören, vernichten wollte, Bilder, die das Hirn bevölkerten, wenn sie selber nackt auf dem Lager unter dem Licht der Birne lagen, sie zu einer habsüchtigen Lust trieb, nach deren Erlöschen Trauer übrig blieb, weil ihre Zeit endete.

Klara redete von Wien, dass sie dort genau das suche, worin er sie dauernd bestärke, nämlich außergewöhnliche Erfahrungen zu machen. Doch wolle sie auch Familie haben, mit einem Mann zusammenleben, wie in den letzten Tagen mit ihm. Sie stelle sich ein Haus mit großem Garten vor, in dem sie mit Freunden und Bekannten, die ebenfalls Kinder hätten, im Sommer die Abende verbringen würde, sie überhaupt viele Besucher hätten, Kollegen, Schauspieler, Filmer, wie sie auch in ihrem Elternhaus ein- und ausgegangen seien. In so beengten Räumen wie er könnte sie nie wohnen, eine Wohnung wie hier an der Trottenstiege sei für sie undenkbar, doch da er hier sowieso ausziehen müsse, könnte er doch mit ihr gehen, sie nach Wien begleiten. Sie würden eine Wohnung mieten, hohe Räume, mit Stuck an der Decke, und einem Blick auf einen Platz mit Bäumen, er würde sich eine Arbeit suchen, beim Funk oder einer Zeitung als Wissenschaftsjournalist, sie könnten gemeinsame Reisen machen, zum Beispiel die Stadt besuchen, in der seine Mutter aufgewachsen sei und sein Großpapa viele Jahre im diplomatischen Dienst verbracht habe.

Wenn Emile dann später wach neben Klara lag, die weit weg in ihren Träumen war, in die er nicht folgen konnte, sah er auf ihr junges Gesicht, so entspannt und unbewegt von den Regungen, die es sonst wechselhaft, unruhig machten, und er liebte es, liebte die Illusionen, die in ihm eingeformt waren. Er wollte diese Züge nicht korrumpieren, obschon er nichts anderes tat, um sie an sich zu binden. Doch Klara würde gehen, auch ohne ihn.

90   Ton der einen Hand

Lia hatte verlangt, die kleine Föhre malen zu dürfen, die im Park der Rehabilitationsklinik ein wenig seitlich von den Abstellplätzen beim Eingang stand, eine Zwergföhre, wie es sie in vielen Gärten gab, buschig, mit dunklen langen Nadeln. Man gab ihr ein großes Blatt, und wie sie in der Ergotherapie gelernt hatte, zog sie mit flüssigem Wachs die Linien, Stamm und Umriss der Äste, füllte die so entstandenen Flächen mit rötlichem Braun und Abstufungen von Grün, setzte diese den Baum darstellenden Flächen in Kontrast zu einer lichtflüssigen Umgebung, die keinen weiteren Gegenstand enthielt, eine heitere Leere, die den Baum umgab – und Emile beugte sich über das Blatt, das ihm der Therapeut mit der Bemerkung hingeschoben hatte, man sei sich in der Klinik einig, auch unter den Ärzten, noch nie eine so außergewöhnliche Patientin behandelt zu haben, von einer Schärfe des Verstands und einer kindlichen Naivität, die in dieser konträren Verbindung ganz einmalig sei. Und während der Therapeut, vielleicht ein Familienvater, wie ihn sich Klara zum Mann wünschte, in weißem Kittel, das Gesicht gebräunt, über Lias veränderten Charakter sprach, von ihrer Abgeklärtheit, die sie erreicht habe, sah Emile auf die Zeichnung, fand in ihr Lias Selbsterkenntnis als ein Baum gemalt: Der Stamm, in dunklem rötlichem Braun, mit spitzig schrundigen Auszweigungen der Äste, war die tiefe innere Verletzung im Hirn, eine Spalte, eine Schlucht, gefüllt von Nacht und Koma. Von ihr gingen die Zweige ab, fünf nach jeder Seite, wie Finger: Auf der rechten Seite offen, gespreizt, hineingreifend in die Umgebung, auf der Linken eingekrümmt, von spastischer Verkürzung und nach der Umgebung hin zwar abgegrenzt, doch voll Licht und kräftigem Grün. Diese waren in großer Einfachheit auf die Äste verteilt, abstrakt und zeichenhaft, ein Widerspiel auch von hell und dunkel, aber ein Ganzes, das in diese lichte, beruhigte Umgebung hineingestellt war, von keinerlei Bewegung mehr gestört. Und Emile, während er sich über das Blatt beugte, es im Licht einer Lampe betrachtete, spürte, dass Lia »angekommen« war, wenn er auch nicht wusste, wo. An einem Ort, der weit weg war, weit fort auch von ihm, und Tränen liefen ihm über die Wangen. Er wusste, er würde diesen Menschen nicht verlassen können, auch für Klara nicht, weil er es war, der ihn brauchte.

Verlag und Autor danken dem Aargauer Kuratorium für den Druckkostenbeitrag.

btb

Christian Haller

Trilogie des Vergessens
896 Seiten
ISBN 978-3-442-73676-8

Christian Haller erzählt in seiner Trilogie des Erinnerns von einer Schweizer Industriellen-Dynastie und dem zögernden Heranwachsen eines Autors aus dieser Familie, der Jahre später die Geschichte dieser Familie schreibt: aus der ersten Hälfte des 20. Jahrhunderts vom eleganten Leben in Bukarest bis hin zu dem kargen Leben in der Schweizer Provinz, die langsam aber unaufhaltsam von einem neuen Wohlstand hinweg gespült wurde. In jedem der drei Romane spielt eine Person und eine Zeit die Hauptrolle, und zusammengenommen ergeben diese drei Bände »ein epochales Gesellschafts- und Mentalitätsporträt« *(Die Literarische Welt).*

www.btb-verlag.de